조정래 대하소설

아리랑

청소년판

조정래 대하소설

아리랑

청소년판

12

[제4부 동트는 광야]

조호상 엮음 | 백남원 그림

미래의 나침반이며 등불

흔히 학생들이 싫어하는 공부에 꼽히는 것이 수학 다음에 역사다. '연대 외우느라고 머리에 쥐가 난다'는 게 그 이유다. 주입식 암기 교육이 저지른 병폐다. 그건 잘못된 일본식 교육의 잔재인 것이다.

역사교육은 '연대 외우기'가 아니라 '그 흐름의 이해'여야 한다. 이야기로서의 역사 흐름을 이해하게 되면 연대는 부차적으로 기억하게 된다. 그런데 시험문제를 연대 암기식으로 내니 학생들이 역사 공부에 진저리를 칠 수밖에 없다.

또한 역사에 대한 일반적 인식도 문제다. 흔히 역사란 '과거'라고 생각한다. 그것은 '시간'만을 한정해서 생각한 아주 잘못된 인식이다. 시간의 흐름이란 한 줄기로 계속 이어져 흐르는 물의 흐름과 같고, 우리 인간들의 생명의 흐름도 그와 다를 게 없다. 따라서 나는 아버지로부터 왔고, 아버지는 할아버지로부터 왔다는 이 쉽고 평범한 사실을 명심하는 것, 그것이 역사 인식의 기본이다. 그러므로 어제는 오늘의 아버지이고, 내일은 오늘의 아들인 것이다. 이 필연적 연속성에 의해 역사는 '지나가 버린 과거'가 아니고 '살아 있는 현재'이며 '다가올 미래'인 것이다. 그래서 역사는 오늘의 좌표를 설정하는 교훈이고, 문제 해결의 방법을 알려 주는 열쇠가 된다. 또한 역사는 미래를 가리키는 나침반인 동시에 미래를 밝혀 주는 등불인 것이다.

우리 한반도는 강대국들 사이에 끼어 있는 작은 땅이다. 우리가 하필 이 작은 땅에 태어나, 살다가, 여기에 뼈를 묻어야 하는 건 우리의 힘으로는 어찌할 도리가 없는 우리의 운명이고 숙명이다. 이 작은 땅, 약한 나라라서 5천여 년 동안에 크고 작은 외침을 931번이나 당했고, 끝내는 일본에게 나라를 빼앗기는 굴욕을 당하고 말았다.

'과거를 기억하지 못하는 사람은 그 과거를 되풀이한다.' 철학자 조지 산타야나의 말이다. '역사를 망각하는 민족에게는 미래가 없다.' 독립투사 단재 신채호 선생의 말이다. 치욕스러운 역사일수록 똑똑하게 기억해야만 하는 이유가 거기에 있다. 그래서 나는 일제 강점기의 굴욕과 핍박과 저항을 『아리랑』에 썼다.

그런데 그 이야기가 너무 길어 공부도 벅찬 학생들에게 꽤나 부담이 될 것 같았다. 그래서 좀 가볍고 쉽게 읽을 수 있도록 '청소년판'을 새로 엮게 되었다. 아무쪼록 우리 민족의 역사를 이해하는 데 청소년 여러분들의 친근한 벗이 되기를 바란다.

광복 70년, 분단 70년에

조정래

차례

제4부 동트는 광야

36

승자와 패자

어둠침침한 지하 취조실 천장에는 촉수 낮은 알전구가 대롱거리고 있었다. 취조실은 출입문 말고는 창문 하나 나 있지 않았다. 출입문 가까이에 책상 하나가 놓여 있고, 그 맞은편 벽의 수도꼭지 아래에는 커다란 나무 물통이 놓여 있었다. 나무 물통 옆으로 침대가 있고 천장에는 굵은 밧줄이 걸린 쇠고리가 박혀 있었다. 침대 옆 벽에 박힌 대여섯 개의 못에는 가죽 채찍이며 죽도, 밧줄 따위가 걸려 있었다. 그 아래 나무 의자에는 전깃줄이 사려져 있었다. 책상을 뺀 그 모든 것은 고문 기구였다.

덜컹 쇳소리를 내면서 출입문이 열렸다.

"빨리 들어가!"

일본말 외침과 함께 한 사람이 등을 떠밀리며 지하실로 들어섰다. 눈이 가려진 그 사람은 원피스 차림의 여자였다. 그 여자는 손까지 뒤로 묶여 있었다.

"에이, 이놈의 냄새."

한 남자가 투덜거리며 들어섰고, 두 남자가 따라 들어왔다.

지하 취조실에서 왈칵 끼쳐 온 것은 퀴퀴하면서도 찝찔하고 텁터그리한 냄새였다.

"이런 냄새가 나야 지하실 맛이 제대로 나는 것 아닙니까?"

뒤따르던 한 남자가 말했다.

"됐어, 자네들은 나가서 좀 쉬어. 내가 특급으로 먼저 한번 돌려 볼 테니까."

앞장선 남자가 걸음을 멈추고 돌아서며 말했다.

"특급으로요? 계장님, 자신 있으십니까?"

한 남자가 흐흐거렸다.

"싱거운 소리들 말고 가서 쉬어. 하도 독한 년이라 밤샘을 해야 될지도 모르니까."

계장이라는 그 남자의 말에 두 부하는 고개를 꾸벅꾸벅 하고는 돌아섰다.

그 남자는 지하실 문을 잠갔다. 그리고 천천히 여자에게 다가가 눈을 가린 검은 천을 풀었다. 흐린 불빛 아래 드러난 여자의 얼굴은 최현옥이었다.

"영리하고 똑똑한 선생님이시니까 설명하지 않아도 저게 다 고문 기구라는 걸 아시겠지. 일단 여기 들어오면 순순히 불고 나가는 길과 죽어서 나가는 길 두 가지밖에 없다."

일본말로 말하는 그 남자의 목소리는 낮고 느렸다.

그 남자는 담배를 뽑아 물고 성냥을 그었다. 그 불빛에 드러난 얼굴은 양치성이었다. 살이 좀 찐 얼굴에는 쉰 나이의 세월이 고스란히 드러났다.

"난 여자 고문하는 것을 원치 않아. 순순히 불고 전향서 한 장만 써. 그럼 평양이든 경성이든 원하는 학교로 보내 주지. 똑똑한 사람이 사회주의 혁명이고 조선 독립이고 완전히 가망이 없다는 걸 왜 모르지? 지금 일본은 필리핀, 싱가포르, 버마까지 다 장악했어. 그야말로 이제 아세아의 맹주야. 자, 이게 너에게 베푸는 마지막 기회야. 이주하가 어디 숨어 있지?"

양치성은 담배 연기를 내뿜으며 최현옥의 얼굴을 들여다보았다.

"난 몰라요."

최현옥의 싸늘한 대꾸는 조선말이었다.

"말해. 어디 있지?"

양치성의 목소리가 조금 더 커졌다.

"몰라요."

최현옥은 고개까지 내저었다.

"이 쌍년아, 대답해!"

양치성이 마침내 고함을 치며 최현옥의 얼굴을 후려쳤다.

"……"

"이년아, 이주하 놈이 네년 남편이라도 되냐! 어디 맛 좀 봐라."

양치성은 담배를 내팽개치며 최현옥의 옷 중간쯤을 움켜잡더니 힘껏 잡아챘다. 얇은 여름 원피스가 북 찢어졌다.

"어머!"

최현옥은 반사적으로 주저앉았다.

"이년이 그래도 창피한 줄은 아네. 일어나!"

양치성은 최현옥의 정강이를 여지없이 걷어찼다.

"엄마!"

최현옥은 비명을 토하며 엉덩방아를 찧었다.

"이건 초보에 초보도 아니다. 일어나!"

양치성은 최현옥의 뒤로 묶인 팔을 사정없이 잡아챘다.

"엄마아!"

양치성은 밧줄이 늘어져 있는 쇠고리 아래로 최현옥을 끌어갔다. 그는 숙달된 솜씨로 밧줄을 뒤로 묶인 최현옥의 손목 사이로 끼워 잡아당겼다. 최현옥의 두 팔이 휘어져 들리면서 목은 앞으로 늘어지고 발뒤꿈치는 올라갔다. 최현옥의 발끝이 가까스로 몸을 지탱하자 양치성은 밧줄을 고정시켰다.

"다시 묻겠다. 이주하 어디 있나!"

최현옥 앞에 버티고 선 양치성이 가라앉은 소리로 물었다.

"모르니까 모른다잖아요. 제발……."

최현옥이 울부짖었다.

"개소리 치지 마! 기억이 나게 해 주지."

양치성은 최현옥의 젖가리개를 잡아채고, 검정 팬티를 주르륵 끌어내렸다.

"엄마아!"

찢어진 옷들이 어깨에 발목에 걸린 채 최현옥의 알몸이 드러났다.

"빨리 불어!"

"……."

최현옥의 눈앞에는 이주하와 동지들의 모습이 떠올랐다. 이주하의 은신처가 목으로 치밀어 올라왔다. 최현옥은 이를 앙다물었다.

'차라리 나 혼자 죽자!'

혈서로 맹세했던 그날이 선하게 떠올랐다.

'죽음을 택할지언정 조직의 비밀을 누설하지 않는다.'

피로 쓴 글귀였다.

"이런 독한 년 봤나. 어디 보자!"

양치성은 침을 내뱉으며 최현옥의 뒤로 돌아가 밧줄을 풀었다. 몸이 축 처지자 최현옥은 몸을 바짝 웅크리며 쪼그려 앉았다.

"이년아, 일어나!"

양치성은 최현옥의 뒤로 묶인 손목을 사정없이 잡아채 올렸다. 어깨가 꺾이면서 최현옥의 몸은 저절로 일으켜 세워졌다.

양치성은 최현옥을 우악스럽게 밀어 댔다.

'어머니, 살려 주세요. 어쩌면 좋아요.'

최현옥은 속으로 절박하게 부르짖으며 밀리지 않으려고 버티었다.

"흥! 그리 애쓰실 것 없어."

양치성은 최현옥의 얼굴을 획 밀어 버렸다. 최현옥이 뒤로 벌렁 넘어갔다.

"제발, 제발 이러지 말아요. 제발……."

최현옥은 다시 몸을 일으키려고 버둥거리며 울부짖었다.

"마지막으로 묻는다. 그놈 어디 있냐!"

"저어……, 저어……."

은신처가 혀끝까지 밀려 나왔다. 최현옥은 눈을 질끈 감으며 혀를 깨물었다.

'안 돼, 안 돼, 정신 차려!'

최현옥은 스스로에게 채찍을 휘둘렀다. 동지들의 목숨과 조직……, 혈서를 썼을 때 목숨은 이미 내놓은 것이었다. 혈서는 강요에 의해 쓴 게 아니라 스스로의 선택이었다.

최현옥은 끝내 입을 열지 않았다.

양치성은 기분 나쁜 패배감을 맛보고 있었다. 이번 일이 잘 풀려 이주하를 잡기만 하면 승진도 하고, 고향으로 전보 발령을 받도록 되어 있었다. 그런데 어떻게 된 년이 특종 고문에도 굽히지 않았다.

양치성은 담배에 불을 붙이고는 고개를 숙이고 있는 최현옥의 옆에 앉았다.

"이 독한 년아. 이것으로 다 끝난 게 아니야. 지금부터 시작이지. 넌 결국 불게 될 거야. 다 죽게 되어 불지 말고 지금 불고 편히 살도록 해. 좋은 게 좋은 것 아닌가?"

그때 최현옥이 고개를 번쩍 들더니 침을 내뱉었다. 침이 양치성의 얼굴 한복판에 달라붙었다. 침에 피가 섞여 있었다.

"아니, 이런 쌍년이!"

벌떡 몸을 일으키는 양치성의 입에서 마침내 조선말이 튀어나왔다.

"더러운 놈, 너도 조선놈이냐? 똥통에 구더기만도 못한 놈!"

최현옥은 양치성을 노려본 채 이를 뿌드득 갈았다.

양치성은 바지 뒷주머니에서 손수건을 꺼내 얼굴을 닦았다. 그러더니 후닥닥 최현옥을 올라타고 앉았다. 그러더니 왼손으로 최현옥의 목을 누르며 담뱃불을 얼굴로 가져갔다.

"아아악……."

최현옥은 비명을 지르며 정신이 가물거리고 있었다.

"어디다 대고 버르장머리 없이 까불어. 조선? 조선은 영원히 없다!"

양치성은 최현옥의 얼굴에 침을 내뱉고는 침대에서 내려갔다. 그는 손수건으로 얼굴을 몇 번씩 닦아 내며 지하실을 나갔다.

최현옥은 철문 울리는 소리에 정신이 들었다. 화끈거리며 쏙쏙 아리는 통증으로 온몸이 비비 꼬였다. 그녀는 몸뚱이를 옆으로 돌려 가까스로 상체를 일으켰다. 그녀는 몸을 웅등그리며 더 살고 싶지 않다는 생각에 몰리고 있었다.

최현옥은 고문 기구들을 살펴보았다. 그 여러 가지 고문을 당하며 끝까지 견뎌 낼 수 있을 것 같지 않았다. 고문을 견디다 못해 실토를 하느니 비밀을 지키자면 죽는 길밖에 없었다. 다시 고문 기구들을 살펴보았다. 손이 뒤로 묶여 있으니 그것들은 아무 쓸모도 없었다. 방법은 단 하나, 시멘트 벽에 머리를 박치는 것밖에 없었다.

최현옥은 이를 앙다물며 맞은편 벽을 응시했다. 2년 전 수사를 받다가 자살한 동지의 얼굴이 떠올랐다. 그때 그 동지가 자살하지 않았다면 조직은 지금까지 보존될 수 없었다. 혈서도 떠올랐다.

'죽음을 택할지언정 조직의 비밀을 누설하지 않는다.'

그 붉은 피 글씨들이 선명하게 다가왔다. 최현옥은 숨을 들이
켜며 아랫입술을 물었다. 그리고 온몸에 힘을 주었다.

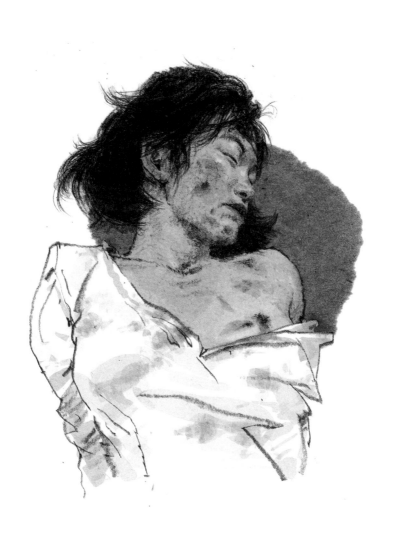

양치성은 옷을 털며 사무실로 들어섰다.

"에이, 날이 벌써 이렇게 더우니 원."

양치성은 짜증스럽게 투덜거리며 의자에 주저앉았다.

"아, 계장님, 어찌 됐습니까?"

두 형사가 몸을 일으켰다. 그들은 둘 다 일본 사람이었다.

"그년 아주 독종인걸."

양치성이 혀를 찼다.

"그럴 줄 알았습니다."

"얼마나 독하면 노동자도 아닌 선생이 그 짓을 하겠어요."

두 형사는 자리에 앉으며 맞장구를 쳤다.

"자네들 정신 바짝 차리고 다뤄야 해. 그년이 실토하게 만들면 이주하 일당은 아주 뿌리를 뽑는 거니까. 그러면 자네들은 틀림없이 일계급 특진이야."

양치성은 고문을 단단히 하라는 말을 남기고 사무실을 나갔다.

큰길로 나온 양치성은 인력거에 몸을 부리며 눈을 감았다.

'아아, 내가 벌써 늙은 것인가……'

또 불현듯 떠오른 생각이었다. 마음은 아직도 만주 벌판을 누비고 다니던 청춘 그대로인데 몸이 달라지고 있었다. 그 생각을 하면 마음이 초조했다. 나이에 비해 너무 출세를 못했기 때문이었다. 자신의 경력과 공적으로 일본 사람이라면 벌써 10년 전에,

아무리 늦어도 5년 전에는 경찰서장이 되었을 거였다. 그런데 계장에서 멈추어 더 올라갈 줄 몰랐다. 수없이 죽을 고비를 넘기며 압록강, 두만강을 넘나들 때는 경찰서장을 꿈꾸었다. 그런데 그 중간 지점에서 멈추어 버렸다. 조선 사람이기 때문이었다. 그렇다고 불만을 드러낼 수도 없었다. 그랬다가는 계장 자리나마 유지할 수가 없을 것이었다.

그는 차별을 당하는 대신 권세를 이용해 착실히 재산을 모았다. 충성을 바치느라 만주로 어디로 떠돌며 일에 정신을 팔다 보니 결혼이 형편없이 늦어졌고, 나이에 비해 아이들이 아직 어렸다. 돈 없이 관직을 떠나면 그야말로 큰일이었다. 출세를 못할 바에는 실속이라도 단단히 차려야 했다. 그래서 말썽이 나지 않을 범위 내에서 돈을 차곡차곡 끌어모았다. 동생의 사업에 아낌없이 자금을 대 준 것도 언제 닥칠지 모를 퇴직에 대비하기 위해서였다.

'빌어먹을, 그년 참!'

양치성은 또 화가 치밀었다. 이주하 그놈은 전국적으로 몇 남지 않은 공산주의 수사 대상자 중의 하나였다. 그놈을 잡으면 승진은 보장된 것이었다. 그런데 그년이 끝내 입을 열지 않았다.

인력거가 멈추었다. 양치성은 생각에서 깨어나며 무겁게 몸을 일으켰다.

"어머 아빠, 일찍 오시네요?"

대문을 딴 큰딸이 반갑게 양치성을 맞이했다. 열네다섯 살쯤 되어 보이는 큰딸은 일본말을 썼다. 총독부의 시책을 충실히 따르느라고 양치성이 시킨 것이었다.

"그래, 학교 잘 다녀왔니?"

양치성은 딸의 어깨를 다독거리며 웃었다.

"아니, 어쩐 일이세요? 이렇게 일찍."

아내도 양치성을 반갑게 맞이했다. 그녀는 양치성보다 열 살은 젊어 보였다.

"응, 피곤해서. 목욕물 좀 데우라고 해."

양치성은 일본식 집의 마루로 올라서며 아내에게 일렀다.

"네, 알았어요."

그녀는 마치 일본 여자 같은 몸짓을 하며 날렵하게 돌아섰다.

마루에서 전화 울리는 소리가 들렸다.

"여보, 전화 받으세요. 경찰서예요."

아내가 마루를 콩콩 뛰어오며 말했다.

"뭐, 뭐라구?"

양치성은 수화기를 귀에 대자마자 집이 떠나가도록 고함을 질렀다.

"뭐, 머리가 깨져 죽어! 기다려, 기다려. 곧 갈 테니까."

양치성은 윗도리를 손에 든 채 미친 듯이 대문 밖으로 뛰쳐나가고 있었다.

37

인간 사냥

"읍장님이십니까?"

"예……."

"아, 경찰서장입니다. 죄송하지만 이쪽으로 좀 오셨으면 합니다. 징용대인 노무보국회에서 나와 있습니다."

"예, 곧 가겠습니다."

하시모토는 허겁지겁 경찰서로 갔다. 경찰서 앞에는 트럭이 다섯 대나 줄지어 서 있었다.

"야마구치현 노무보국회 이시바시 동원부장이십니다."

경찰서장이 몸이 대살지게 생긴 40대의 남자를 소개했다.

"아 예, 오시느라 수고 많으셨습니다. 읍장 하시모토입니다."

하시모토는 그 남자에게 깍듯이 예의를 갖추었다. 노무보국회는 육군성 산하기관이었고, 전시체제 아래서 육군성은 모든 기관 위에 군림하는 권력의 핵심부였다.

"반갑습니다. 서장님한테는 협조를 요청했습니다만 읍장님도 적극 협조해 주시기 바랍니다."

그 남자는 읍장 정도는 얕잡아 보는 태도로 악수를 청했다.

"예, 무엇이든 적극 협조하겠습니다."

하시모토는 무슨 명령이든 내리기만 하라는 식으로 굽실거렸다.

"저, 이번에 몇 명이나 징용을 해 가시게 되는지요?"

경찰서장이 조심스럽게 말을 꺼냈다.

"상부로부터 300명을 할당받았습니다."

이시바시는 일부러 '상부'를 앞세워 말했다.

"300명이라……."

경찰서장은 하시모토를 힐끗 보았다. 하시모토는 억지로 웃음 짓고 있었다.

"왜 그러십니까?"

이시바시의 목소리에 날이 섰다.

"몇 년째 징용이 계속되다 보니 곡창지대인 이곳에서는 노동력 부족으로 농사짓기에 어려움이 많습니다. 군량미 확보에 차질이 없어야 하니까 농사는 그전처럼 지어야 하고, 징용 사업은 징용 사업대로 지원해야 하고 그렇습니다."

경찰서장은 웃어 가면서 부드럽게 말했다.

"전시체제 하에서는 여자들과 늙은이, 어린아이까지 총동원해서 농사를 지어야 될 것 아닙니까?"

이시바시의 말에 냉기가 끼쳤다.

"그야 물론이지요. 진작부터 그렇게 하고 있습니다."

경찰서장은 무슨 오해를 받을까 봐 그런지 목소리에 힘주어 크게 말했다.

"그래야지요. 차량과 병력 일부는 도청에서 지원받았으니까 여기서는 병력 열 명을 지원해 줘야겠는데요."

이시바시는 명령하듯 말하며 지휘봉 같은 막대기로 가죽 장화를 쳤다.

"지원하고말고요. 그런데 내지인 경찰은 전선으로 많이 나가 그 자리를 조센징들로 채웠습니다. 열 명 중에 여섯 명은 조센징이니 믿지 말고 잘 다뤄야 합니다."

"그건 알아서 하겠습니다."

이시바시는 허리를 꼿꼿하게 펴며 또 막대기로 가죽 장화를 쳤다.

"300명을 확보하자면 며칠 걸리시겠군요."

하시모토가 무겁게 입을 열었다.

"뭐, 며칠씩이나 걸리겠어요. 한 이틀이면 되지."

이시바시의 거침없는 대꾸였다.

'시건방진 놈, 현지 사정도 모르는 풋내기가 까불대기는. 어디 한번 잘해 봐라.'

하시모토는 속으로 코웃음을 치고는, "제가 오늘 저녁 대접을 했으면 합니다. 어떠신지요?" 하고 물으며 친근한 웃음을 지어 보였다.

"예, 그거 좋지요."

이시바시는 기다렸다는 듯 대답했다.

이시바시는 곧 징용대 20여 명을 다섯 대의 트럭에 나누어 태우고 경찰서 앞을 떠났다. 트럭은 곧 김제 읍내를 벗어나 들길을 달렸다.

"저쪽에 차 세워!"

맨 앞차 운전석 옆자리에 앉아 있던 이시바시는 창밖의 야산을 가리키며 운전수에게 명령했다. 운전수는 조선인 경찰이었다.

앞차가 멈추자 뒤따라오던 차들이 차례로 멈추었다.

"전원 집합하라!"

이시바시는 야산 자락의 바위 위로 올라서며 외쳤다.

차에서 내린 경찰과 읍사무소 직원들이 우르르 모여들었다.

"지금부터 우리가 사냥할 징용자는 300명이다. 1개조를 4명씩

편성해 이틀 동안 임무를 완수해야 한다. 그리고 조선인 경찰에게 경고한다. 같은 조선 사람이라고 사정을 봐 주거나 임무 수행을 철저히 못하면 가차 없이 처벌할 것이다!"

이시바시는 외침과 함께 칼을 휙 뽑아 들었다.

곧 다섯 대의 트럭은 마을을 찾아 흩어졌다.

이시바시가 탄 트럭이 한 마을 앞에 멈추었다.

"2인 1조로 집집마다 샅샅이 뒤져라!"

트럭에서 내린 이시바시가 소리쳤다.

이시바시는 당산나무 아래로 가서 담배를 피웠다. 그가 담배를 거의 다 피워 갈 즈음 일본인 경찰이 한 남자의 뒷덜미를 잡아끌고 와서 이시바시 앞에 무릎 꿇렸다.

"잘했어. 이 정도면 쓸 만하군."

이시바시는 남자를 살펴보며 경찰에게 다시 가 보라고 손짓했다.

잡혀 온 남자는 마흔다섯이 넘어 보였다.

"이거 어째 이려. 나는 벌써 4년 전에 일본 낭인들헌티 속아 규슈 탄광에서 2년 때우고 온 사람이여. 주재소에서도 다 아는 일이여!"

또 한 남자가 끌려오며 일본말로 고래고래 소리를 질렀다.

"닥쳐라! 더 떠들면 아가리를 찢어 놓겠다."

이시바시는 그 남자의 말을 자르며 칼을 겨누었다.

서른대여섯쯤 되어 보이는 그 남자는 아랫입술을 질끈 물며 고개를 떨구었다.

"안 되어라. 농사도 못 짓고 있는 병자를 끌어가는 법이 어디 있다요?"

다리를 절룩이며 끌려오는 남자를 따라오며 한 여자가 울부짖었다.

"보시게라, 이 남정네는 병자구만이라, 병자."

그 여자는 남편의 통통 부은 장딴지를 가리키며 이시바시에게 울상을 지었다.

이시바시는 그 남자의 위아래를 훑었다. 그 남자는 키가 좀 작을 뿐 건강해 보였다.

"병원에서 치료 받으면 곧 낫는다. 저 여자 끌어가!"

이시바시가 조선인 경찰에게 명령했다.

"안 돼야, 안 된당게로! 갸는 아직 신체검사도 안 받은 애기여."

한 할머니가 경찰에게 매달리며 소리쳤다. 끌려오는 사람은 열다섯 살쯤으로 보이는 소년이었다.

"저 늙은이는 뭐라고 떠드는 거야?"

이시바시는 얼굴을 찌푸렸다.

"열다섯 살도 안 먹었답니다. 순 거짓말입니다. 제가 보기엔 열

일곱 살은 먹었습니다."

"내가 보기도 그런데. 골격도 잡히고."

이시바시가 회심의 미소를 지었다.

"이상으로 다 끝났습니다."

일본인 경찰이 말했다.

"아, 그런데 남자가 이것밖에 안 되나?"

이시바시가 실망스러운 표정을 지었다.

"아닙니다. 들에 나간 자들도 좀 있을 테고, 요행히 딴 데 간 자
들도 좀 있을 겁니다."

"그렇겠군. 이놈들을 빨리 차에 실어."

이시바시가 칼을 꽂으며 명령했다.

"이놈들아, 안 돼야, 안 돼야!"

"이 벼락 맞어 뒈질 놈들아!"

"요런 개만도 못헌 인종들아!"

남자들이 다 차에 오를 때까지 여자들은 당산나무 아래서 목이 잠기도록 소리소리 질렀다.

트럭은 다시 짙푸른 들녘을 달렸다.

"이거 왜 이리 덥나. 어디 물 마실 데 있나 찾아봐."

이시바시는 손바닥으로 방정맞게 부채질을 해 대며 말했다.

"예, 알겠습니다."

운전 경찰이 엉덩이를 들썩하며 대답했다.

한동안 달리던 자동차가 주막 앞에 멈추었다.

그들은 주막으로 들어섰다.

"저기, 저놈 잡아라!"

마당으로 막 들어서던 이시바시가 외쳤다.

한 남자가 마루에 걸터앉아 밥을 먹고 있었다. 두 명의 경찰이 잽싸게 쫓아갔다. 다른 경찰 두 명은 차에서 사람들을 지키고 있었다.

"어째 이러요, 어째!"

두 경찰에게 붙들린 남자가 몸부림치며 소리를 질렀다.

"이놈아, 꼼짝 말어!"

조선인 경찰이 남자의 정강이를 걷어찼다. 남자는 비명을 지르며 풀이 꺾이고 말았다.

"아이고 대장님, 집에 앓아누운 노모가 계시구만요. 그리고 처자식은 보고 가야 헐 것 아니겠능게라. 장사 나왔다가 떠나면 어찌 되겠능게라. 다음에 나가게 사정 좀 봐 주시씨요."

서른서넛쯤 돼 보이는 그 남자는 이시바시 앞에 무릎 꿇고 앉아 두 손을 비비대며 애걸하고 있었다.

"끌어가라!"

이시바시가 싸늘하게 명령했다.

"아이고메, 세상에 요런 법이 어덨어. 이리 모질게 사람 생이별 시키는 법이 워덨어!"

그 남자는 끌려가며 무슨 큰 짐승이 우는 것 같은 소리로 울부짖고 있었다.

오후 5시에 다섯 대의 자동차가 이시바시가 지정한 장소에 다시 모였다.

"뭐라고? 총 43명! 그동안 자빠져 잤나, 술들을 처마셨나! 이래 가지고 언제 300명을 채우겠나. 모두 파면당해야 정신 차리겠나!"

이시바시는 분통을 터뜨리며 가죽 장화 발로 땅을 굴러 댔다.

이시바시가 붙잡은 사람 16명에 나머지 4개조가 잡은 사람이 27명밖에 되지 않았다. 300명을 채우려면 5일로도 어림없었다.

"부장님, 죄송합니다. 부장님께서 잡으신 것을 견본 삼아 내일부터는 성과를 극대화하겠습니다."

일본인 순사가 나서서 절도 있는 태도로 사과했다.

"좋아, 내일 다시 보겠다. 다들 내가 잡아 온 놈들을 똑똑히 보고 견본으로 삼아라."

이시바시가 잡아 온 사람들 16명이 모두 끌어 내려졌다. 순사들과 읍사무소 직원들은 몸이 아픈 사람에 아직 다 크지도 않은 사내까지 잡아 온 것에 내심 놀랐다. 그러나 그것을 '견본'으로 삼으라니 감히 할 말이 없었다.

이튿날 아침, 징용대는 다시 사냥에 나섰다.

아침을 먹은 뒤에 지게를 지고 마당을 나서던 차득보는 느닷없이 들이닥친 순사 둘에게 붙들렸다.

"이거 어쩨 이러시오!"

차득보는 불끈 기운을 쓰며 두 순사를 떠밀었다.

"이놈이 이거!"

순사 하나가 재빠르게 목검을 휘둘렀다.

"윽!"

차득보는 비명을 토하며 옆구리를 싸잡았다.

"아이고메 연희 아부지!"

연희네가 부엌에서 뛰쳐나오며 부르짖었고, 마루에서 놀던 두 아이가 아앙 울음을 터뜨렸다.

"아이고, 무슨 죄를 졌다고 이러시오?"

연희네가 순사 하나를 붙들고 늘어졌다.

"징용 가는 거여, 징용!"

순사가 연희네를 뿌리치며 내쏘았다.

"아이고 으쩌끄나, 으쩌끄나……."

연희네가 울음을 터뜨리며 발을 굴렀다.

차득보는 사립 밖으로 끌려 나가며 기어이 올 것이 왔다고 생각했다.

차득보네 동네에서는 여덟 명이 붙들렸다. 그들이 차에 실리기 직전에 여자 몇이 헐레벌떡 달려왔다. 그들 중에 연희네도 섞여 있었다. 그 여자들은 작은 보퉁이를 하나씩 안고 있었다. 여자들은 무작정 남편들에게 달려갔다.

"출발이다. 빨리 태워라!"

이시바시가 외쳤다.

남자들은 아내들에게 보퉁이를 받아 들었고, 여자들은 눈물 그렁그렁한 눈으로 남편들을 따라 걷고 있었다.

"아그들 잘 키우고……, 농사 잘 돌보고……."

차득보는 목메임을 참느라 침을 삼켰다.

"야아⋯⋯."

연희네의 눈에서 눈물이 주르륵 쏟아졌다.

이시바시는 예정보다 3일 늦은 5일 만에 300명의 징용자를 그의 말대로 '사냥'했다. 그리고 그들을 여수항으로 보내 관려연락선을 태웠다. 관려연락선은 시모노세키와 여수를 오가는 배였다.

정복되지 않는 혼

"아버님 건강은……."

"괜찮다. 아무 걱정 말어라."

송중원은 철망 사이로 아들을 바라보며 담담하게 말했다.

"더위가 심한데요……."

힘이 잔뜩 들어간 송준혁의 입술에는 분노와 고통과 눈물이 뒤엉켜 있었다.

"괜찮다. 책 읽으면서 시원하게 보내고 있다."

송중원은 눈빛이 살아 있고, 분노와 증오가 살아 있는 아들이 대견했다.

"고생이 너무 심하십니다……."

"괜찮다. 나 혼자 당하는 일이 아니니."

송중원은 안타까워하는 아들을 쓰다듬듯 하는 눈길로 바라보았다.

"공부는 마음에 드느냐?"

면회 시간이 자꾸 줄어드는 것을 의식하며 송중원이 물었다.

"예에……."

"그래, 고학하느라 고생이 많다."

"아닙니다. 가정교사라 편합니다."

송준혁은 일부러 '가정교사'를 강조했다.

송중원은 그런 아들의 마음을 헤아렸다. 자신이 허탁과 함께 고학을 할 때 아들이 또 고학을 하리라고는 생각지 않았다. 어떻게든 싸워 나가면 자식 대에는 해방이 되리라는 꿈이 확실했었다. 그런데 상황은 점점 더 나빠지고, 세월은 무정하게 흘러 오늘에 이르렀다.

"그래, 공부 열성으로 해라."

송중원은 다시 아들에게 눈길을 돌렸다. 아들을 응시하는 그의 눈에는 많은 말이 담겨 있었다.

"예에……."

송준혁은 아버지의 눈에 담긴 그 말을 읽어 내고 있었다.

"만료!"

간수가 외쳤다.

"아버님, 건강하십시오. 외할아버님이 안부 전하셨구요."

송준혁은 철망을 붙들며 한달음에 쏟아 놓았다.

"너도 건강해라."

송중원이 괴로운 빛이 깃든 허전한 웃음을 지으며 돌아섰다.

송준혁은 전주 형무소를 터덕터덕 걸어 나왔다. 아버지는 죄명도 형기도 없는 죄수였다. 끝내 그 고민은 아버지한테 말씀드리지 못하고 말았다. 그 문제를 의논드리기에는 면회 시간이 너무 짧았고, 괜히 아버지의 마음만 산란하게 할 것 같았다.

에시마 교수는 자기 아들을 가르칠 겸 자기 집에서 지내라고 했다. 에시마 교수의 학점을 계속 잘 받은 데다 저서의 원고 정리를 해 준 것을 계기로 그런 제안을 받은 것이었다. 그러나 그들과 어울려 살다 보면 자신도 모르게 의식에 변질이 생길지 모르고, 남들 눈에도 떳떳한 일이 못 되었다.

송준혁은 아버지께 말씀드리지 않기를 잘했다고 생각했다. 사소한 일로 아버지의 마음을 괴롭히는 것은 도리가 아니고, 그 일은 어디까지나 자신이 해결해야 할 문제였다.

"금예 아들 이름 지어 주고 떠나거라."

아들과 함께 밥상을 받은 홍 씨가 말했다.

"제가요……?"

전동걸은 숟가락을 들다가 놀라 어머니를 바라보았다.

"자식 이름이야 아부지나 할아부지가 짓는 법인디, 애비가 징용 끌려가고 없으니 니가 지어 줘야제."

"그렇지만 제가 뭘 알아야지요."

"모르기는. 그 학식이면 되았제."

홍 씨는 고집스럽게 밀어붙였다.

전동걸은 더 어쩔 수가 없어 이틀 동안 끙끙댔다.

"어머니, 제일이라고 지었습니다. 제도 제(制) 자에 날 일(日), 일본을 제압하는 큰 인물이 되라는 뜻입니다."

전동걸의 뜻풀이였다.

"잉, 아주 좋다."

홍 씨는 환하게 웃고는, "그려, 종이에 배제일이라고 잘 써라. 그러고 나허고 함께 갖다 주자."라며 낭자머리를 매만졌다.

전동걸은 새 종이에 만년필로 '裵制日'을 정성스럽게 썼다.

"아이고메, 참 명필이다."

홍 씨는 이름 쓴 종이를 두 손으로 잡고 높이 치켜들며 더없이 흡족해했다. 그녀의 뇌리에는 아들의 이름을 한지에 붓글씨로 써 왔던 공허 스님의 모습이 스쳐 가고 있었다.

홍 씨는 이름 쓴 종이를 조심스럽게 반으로 접어 아들과 함께 방을 나섰다.

"요것이 동걸이가 지은 금예 아들 이름이요."

홍 씨는 종이를 방바닥에 펴 놓고 이름 풀이를 해 주었다.

"아이고, 동걸이 학생이 너무 큰맘 썼구만이라."

보름이는 홍 씨와 전동걸에게 머리를 조아렸고, 아이를 안은 금예는 눈물이 글썽거렸다.

"자, 그럼 외할무니가 먼저 불러 보시오."

홍 씨는 이름 적힌 종이를 보름이 앞으로 밀어 주며 말했다.

"아부지가 먼저 불러야 허는디 편지 한 장 없으니……."

보름이는 이름 적힌 종이를 쓰다듬으며 한숨지었다.

"금메 말이오. 왜놈들이 편지도 못 보내게 헐끄나?"

홍 씨는 아들에게 물었다.

"예, 군사기밀 보호니 뭐니 해서 편지를 못 보내게 하기가 쉽지요."

동걸이가 고개를 끄덕였다.

"참 몹쓸 인종들이다. 사람들을 그리 무작시리 끌어갔으면 편지라도 오가게 혀야제."

홍 씨가 고개를 저으며 혀를 찼다.

"무소식이 희소식이라고 생각혀야지라."

보름이가 체념하듯 말했다. 그건 딸에게 하는 말이기도 했다.

"그려라. 벌써 1년이 지났고, 인제 1년만 더 참으면 되니."

홍 씨는 금예에게 눈길을 돌렸다.

고개를 떨군 금예는 손등으로 눈물을 훔치고는 했다. 전동걸은 그런 금예를 물끄러미 바라보고 있었다. 혼인 한 달 만에 남편을 보내고 혼자 애를 낳은 금예가 가엾고 안쓰러웠다.

"금예야, 맘 강단지게 먹어라. 인제 아그 재롱 보다 보면 날이 훨씬 잘 갈 것잉게."

홍 씨는 위로의 말을 남기고 몸을 일으켰다.

전동걸은 이틀 뒤에 일본으로 떠났고, 9월 중순에 사혁회 회합이 있었다. 그런데 한 명이 보이지 않았다.

"아리요시 동지가 방학 동안 군대에 끌려가고 말았습니다."

회장 최우한이 침통하게 말했다.

회원들도 침울해졌다. 자신들이 중국으로 탈출한다면 아리요시는 적일 수밖에 없었다.

"여러분도 아시겠지만 징병이 더 극심해지고 있습니다. 공장노동자들이 절반을 훨씬 넘게 여자로 바뀌었고, 농사에도 여자들이 동원되고 있습니다. 그만큼 일본군 전사자가 많다는 뜻입니다. 이런 상황에 대비해서 우리가 결의한 대로 중국 쪽 부대를 알아보았습니다. 만주에는 현재 투쟁하는 부대가 없고, 관내에 두 부대가 있습니다. 하나는 8로군으로 바뀐 중국공산당 홍군이고, 다른 하나는 8로군 영역 내에 있는 조선 의용군입니다. 조선 의용군은 8로군과 긴밀하게 협력하면서 독자적인 부대 조직을 갖추고 있습니다. 부대원은 거의가 조선 사람들이며, 모두 공산주의자입니다. 두 부대 중 어느 쪽을 택할지 토의해서 결정했으면 합니다."

최우한의 보고였다.

"굳이 토의할 것도 없이 당연히 조선 의용군으로 가야 하지 않겠습니까?"

어느 회원의 의견이었다.

"그렇습니다."

"당연히 그래야지요."

다른 회원들의 찬성이었다.

"예, 그럼 토의를 생략하겠습니다. 조선 의용군 선택에 반대하시는 분은 손을 들어 주십시오."

손을 드는 사람은 아무도 없었다.

"만장일치로 조선 의용군으로 결정됐습니다. 그럼 이제 탈출 시기와 방법을 논의했으면 합니다. 제 생각에 탈출 시기는 우리 조선 학생들도 징집하는 조처가 취해지는 때로 하는 게 어떨까 합니다. 그리고 탈출 방법은 개별 행동이 좋겠습니다. 둘 이상 행동하게 되면 의심받기 십상이기 때문입니다."

회장의 의견 제시였다.

"탈출 방법에 이의 있습니다. 여긴 저를 포함해서 여자 둘이 있습니다. 머나먼 길을 여자 혼자 가다 보면 어쩔 수 없이 위험이 따릅니다. 남자 회원 한 사람과 연인이나 부부로 위장하면 그

위험을 피하면서 남자 회원의 안전까지 도모할 수 있습니다. 이 일석이조의 방안에 대해 적극 검토해 주시기를 정식으로 요청합니다."

지요코가 내놓은 의견이었다.

"예, 찬동합니다."

다른 일본 여자 회원의 반응이었다.

"미처 생각하지 못한 좋은 의견입니다. 그런데 많은 남자 회원들 중에 누가 동행하느냐 하는 난처한 문제가 있습니다. 다수결로 할 수도 없고, 제비를 뽑을 수도 없고……."

회장이 회원들을 둘러보았다.

"그 선택권은 여자 회원들에게 위임해 주기 바랍니다. 왜냐하면 동지적 신뢰감과 남성적 신뢰감은 다르기 때문입니다."

지요코의 분명하고도 단호한 말이었다.

"좋습니다. 그럼 두 여성 동지께서 선택권을 행사하시지요."

회장이 웃으면서 두 여자 회원을 바라보았다.

"회장님도 너무하십니다. 뽑히지 못한 남성 동지들의 자존심도 고려하셔야죠. 나중에 개인적으로 통보하겠습니다."

지요코는 농담을 섞어 재치 있게 받아넘겼고,

"네, 그게 좋겠습니다."

다른 여자 회원도 동조했다.

"예, 선택권을 인정한 이상 선택은 당사자들에게 맡길 수밖에 없습니다."

회장이 그 문제를 매듭지었다.

회합이 끝나고 전동걸과 지요코는 다른 장소에서 만났다.

"어때요? 저하고 동행하게 된 기분이?"

지요코가 자리에 앉자마자 쌔액 웃으면서 물었다.

"내가 새삼스럽게 놀랐소. 어찌 그리 머리가 잘 돌아가는지."

전동걸이 머리를 설레설레 저었다.

"그 정도 가지고 뭘 그래요."

지요코가 입을 삐쭉했다.

"그 문제가 나오면서 나는 계속 가슴이 두근두근했소."

전동걸이 뚱하니 말했고,

"알아요. 제가 동걸 씨를 거론해 동지들한테 입장 난처해질까 봐 얼마나 속이 탔겠어요."

지요코는 장난스럽게 쿡쿡 웃었다.

1943년 10월 20일, 일본 육군성은 조선인 학생의 징병 유예를 폐지했다. 그건 곧 학병제 실시였다. 육군성은 잇따라 제1회 학병 징병검사를 시작했다.

어느 날 전동걸은 지요코에게 쪽지를 한 장 받았다.

쪽지에는 '탈출 개시'라고 적혀 있었다.

"사흘 안에 출발이오. 연락은 내가 하겠소."

쪽지를 입에 넣고 씹으며 전동걸이 말했다.

지요코와 헤어진 전동걸은 준비할 것을 생각해 보았다. 그러나 별달리 준비할 것도 없었고 학교는 안 나가면 그만이었다. 그런데 이미화가 문제였다. 알리고 떠날 것인가, 그냥 갈 것인가?

전동걸은 이미화에게 전화를 걸었다.

"이따 만나 저녁 먹읍시다. 서양말로 파티라는 걸 하게."

"파티요? 무슨 좋은 일 있어요?"

"나쁜 일이오. 우리의 이별 파티요."

"아니, 이별 파티라니요? 동걸 씨도 학병 나가시나요?"

"그 정도로 알아 두고 만나서 얘기합시다."

"네……, 어서 만나요."

이미화가 전화 속에서 울먹이고 있었다.

"언제 나가세요?"

이미화는 자리에 앉자마자 물었다.

"모레요."

"어머, 나 몰라……."

이미화는 두 손으로 얼굴을 가렸다.

"미화 씨, 우리가 서로 싫어서 헤어지는 것도 아니고 재회가 약속된 일시적인 이별이니까 즐겁게 파티를 합시다. 자, 많이는 말고 조금만 마셔 봐요."

전동걸이 술잔을 들었다.

"……"

'싫어요, 취하도록 마실 거예요. 이런 세상 살고 싶지 않아요.'

이미화는 서슴없이 술잔을 들었다.

"자, 우리의 이별과 재회를 위해서!"

전동걸이 술잔을 내밀었다. 이미화가 술잔을 부딪쳤다.

전동걸은 술잔을 단숨에 비웠다. 술잔을 놓던 전동걸은 깜짝 놀랐다.

"아니, 그렇게 마셔도 되겠소?"

"저도 몰라요. 죽고 싶어요."

이미화가 울먹거렸다.

"미화 씨, 진정하고 지금부터 내가 하는 얘기 잘 들어요. 학병으로 전쟁터에 나가는 건 일본을 위해 싸우는 거요. 재수가 없으면 죽소. 그런데 그 반대로 일본을 상대로 싸우는 방법도 있소. 물론 그때도 목숨을 잃을 수 있소. 조선 남아로서 어떤 것을 택해야겠소?"

"절 소학교 1학년으로 아시나요?"

이미화가 눈을 똑바로 뜨며 전동걸을 쏘아보았다.

"됐소. 그동안 비밀로 해 왔던 얘기를 하려고 물은 거요. 난 그 동안……"

전동걸은 사혁회에 대해서 간추려 이야기했다.

"……그래서 모레 출발하기로 된 거요."

이미화의 눈에서 눈물이 주르륵 흘러내렸다.

그 모습을 바라보며 전동걸은 자신이 이미화의 가슴에 어느 만큼의 크기와 무게로 자리 잡고 있는지 비로소 확인하고 있었다. 그건 기쁨인 동시에 아픔이었다.

이튿날 그들은 함께 역으로 나갔다.

"기다려, 나는 꼭 살아서 돌아와."

전동걸이 이미화의 손을 꼭 잡았다.

"네, 10년이든 20년이든 기다릴 거예요."

눈물 번지는 눈으로 전동걸을 바라보며 이미화도 손을 꼭 마주 잡았다.

전동걸이 개찰구를 나가자 이미화의 눈에서 눈물이 줄지어 흘러내렸다.

지요코는 플랫폼에서 기다리고 있었다. 전동걸은 지요코 앞을 지나치며 눈짓했다. 그들은 만약을 몰라 자리를 따로따로 잡았다.

방학도 아닌데 시모노세키와 부산을 오가는 관부연락선에는 조선 학생들이 많았다. 형사들은 다른 때와 달리 검문을 심하게 하지 않았다. 학생들이 학병 징병검사를 받으러 간다는 것을 이미 알고 있었던 것이다.

39

학병의 파장

11월 들어 총독부에서는 대학·전문학교·고등학교에까지 징집영장을 발급했다. 그리고 중추원에서는 '학병 불지원자는 휴학시켜 징용키로 결정'했다. 이에 발맞추어 이광수와 최남선은 학병 지원 권유 연설을 하기 위해 일본 동경으로 건너갔다. 결국 제1차 학병 적격자 1천 명 중에 959명이 지원한 상황이 벌어지는 가운데 관부연락선이 미국 잠수함에 격침되어 544명이 사망하는 사건이 발생했다. 그리고 12월로 접어들면서 징병 연령을 1년 낮추는 긴급사태가 벌어졌다.

대나무 숲이 겨울바람에 쓸리는 소리가 밤의 정적 속에서 스산하게 물결 짓고 있었다. 겨울밤은 깊어 가고, 방 안의 등잔불

빛은 가물거렸다.

"유언비어 유포죄로 잡혀가는 사람이 늘고 있는데 요새 전황이 어떤지 모르겠소."

담배에 불을 붙인 정도규가 말을 꺼냈다.

"관부연락선 격침이 사태를 잘 보여 주고 있습니다. 미국의 반격이 본격화되면서 일본은 제공권을 위협당하기 시작했고, 해상권마저 위협 받고 있습니다."

이현상의 차분하면서도 힘이 실린 대답이었다.

"그럼 유언비어라는 게 사실이란 말입니까?"

유승현이 가부좌를 더 단단히 틀며 물었다.

"예, 두 달 전 11월에 미국의 소리 단파 수신 사건으로 십여 명이 실형을 받은 일이 있지 않습니까? 그런 사람들에 의해서 일본이 은폐하고 있는 사실들이 밝혀지고 있습니다."

이현상의 확신에 찬 대답이었다.

"그럴 거요. 왜놈들이 제 놈들한테 불리한 일을 얼마나 철저하게 은폐하겠소. 헌데 신문이나 방송에서는 날마다 승전보만 울려 대고, 지식인들은 그것을 액면 그대로 믿고 앞다투어 친일 대열에 나서며 광분하고 있으니 한심할 노릇이오."

정도규가 세차게 혀를 찼다.

"그런데 긴급히 상의드릴 말씀이 있습니다."

시국담은 그것으로 끝내고 본론을 꺼내려는 듯 이현상이 앉음새를 고쳤다.

"예, 말씀 들읍시다."

정도규와 유승현도 자세를 바로잡았다.

"요즘 실시되고 있는 학병 지원 문제를 이대로 방관할 수는 없지 않겠습니까?"

"그래, 무슨 좋은 생각이 있소?"

정도규는 이현상이 무슨 방안까지 생각하고 있을 것임을 믿고 이렇게 물었다.

"동지들과 논의한 결과 지리산으로 학생들을 구출해 내자는 결론을 얻었습니다. 선배님께서는 어떻게 생각하시는지요?"

"지리산……?"

정도규는 눈을 내리감았다.

한동안 방 안에 침묵이 흘렀다.

"지리산이 깊고 큰 산이긴 하지만 두어 가지 문제점이 있지 않을까 싶소. 첫째가 왜놈들이 그냥 놔둘 리 없고, 둘째 언제까지 산중에서 도피 생활을 할 것이냐 하는 문제요."

정도규의 말이 무겁고 어두웠다.

"예, 그런 점에 대해 충분히 토의하기는 했습니다. 지리산은 삼도오군(三道五郡)에 걸쳐 있어서 여러 지역의 학생들이 모이기 쉽습니다. 전라도 쪽 노고단과 경상도 쪽 장터 목 아래서 40년 넘게 약초를 캐며 살아온 두 영감님을 만나 보았습니다. 두 분 다 하는 말이 평생을 골골이 다닌다고 다녔지만 지금까지도 지리산을 다 알 수가 없다는 겁니다. 그리고 지금도 이 골짜기, 저 골짜기에 동학군과 의병 잔류자들이 마을을 이루며 무사히 살고 있습니다. 학생들을 얼마나 피신시킬 수 있을지 모르겠습니다만, 몇 백 명이 되더라도 지리산에서는 표도 나지 않습니다. 왜놈들이 그들을 잡으려면 일이천 명 군대 동원으로는 어림도 없습니다. 그리고 두 번째 문제입니다. 제가 전망하기로는 일본은 결코 오래가지 못합니다. 길어야 5년이고 짧으면 이삼 년 내에 패망하게 되어 있습니다. 미국과 영국이 본격적으로 반격을 시작한 이상 일본은 오래갈 도리가 없습니다. 물자가 부족한 일본이 미국과 영국을 상대로 언제까지 버틸 수 있겠습니까? 아니, 왜놈들이 10년을 버틴다면 우리 젊은이들도 산중에서 10년을 버텨 내야 합니다. 고학력 젊은이들이 일본군에 끌려가는 것은 이중 삼중의 피해를 부르는 것입니다. 왜놈들을 위해 싸우는 것이 그렇고, 우군인 연합군에게 피해를 입히는 것이 그렇고, 해방을 하루라도 늦추는 것이 그렇고, 죽게 되면 그 배움이 민족적 손실이기 때문에 그렇습니다. 그리고 젊은이들이 산중에서 그저 무위도식하자는 게 아닙니다. 자급자족할 수 있도록 최선을 다하고, 군사 조직화하여 가까운 지역의 왜놈들을 상대로 투쟁을 시도하고, 사회주의 사상을 철저히 학습해서 해방의 날에 대비해야 합니다. 대충 이런 토의였는데 어떻게 생각하십니까?"

빈틈없이 논리 정연하게 말을 마친 이현상이 정도규와 유승현을 번갈아 보았다.

"그런 주도면밀한 토의를 거쳤다면 더 말할 것 없이 찬성이오."

정도규는 흔쾌히 찬성했고, 유승현도 고개를 끄덕였다.

"그런데 어떻게 해야 하루라도 빨리 학생들을 피신시킬 수 있을지 그게 문젭니다."

이현상은 다음 단계로 이야기를 끌어갔다.

"우리가 극비리에 지난날의 조직을 되살려 학생들을 접촉하면 되잖겠소. 가까운 곳의 대학생들이야 파악하기 쉬운 일이니까."

정도규의 빠른 대응이었다.

"예, 그렇게 해 주시면 일이 빨리 진행되겠습니다. 수고스럽지만 부탁드리겠습니다."

이현상이 머리를 숙여 보였다.

어느 날, 신세호의 사립 앞에서 목탁 소리가 울렸다.

"나무관세음보살, 소승 운봉이라 하옵니다. 신 선생님 계시온지요?"

운봉이 머리를 조아렸다.

"야아, 쬐깨 기다리시게라우."

신세호의 며느리가 서둘러 돌아섰다.

"아부님, 운봉 스님이 오셨는디요."

신세호의 며느리가 사랑방 앞에서 조심조심 말했다.

"응? 운봉 스님이!"

곧 방문이 열리고 신세호가 나섰다.

"그간에 평온허시온지요."

운봉이 합장했다.

"예, 이 엄동에 어인 걸음이시오? 어여 드십시다."

신세호가 반갑게 맞이했다.

"긴히 의논드릴 일이 있어서……."

운봉이 자리를 잡으며 운을 떼었다.

"예, 무슨 일이 있는가요?"

신세호는 불을 헤친 화로를 운봉 옆으로 밀어 놓았다.

"선생님 큰외손자 일인디요……. 시방 어디 있는가요?"

"징집 날짜 기다리면서 그저 집에서 그러고 있지요."

신세호의 얼굴이 어두워지며 말끝에 한숨이 이어졌다.

"학병에 안 끌려갈 방도가 있구만요."

운봉은 유승현에게 들은 이야기를 차근차근 하기 시작했다.

신세호는 이야기를 유심히 들으며 고개를 끄덕거리고 있었다.

"……그래서 지리산으로 피허는 것인디 어찌 생각허시능게라?"

운봉은 이야기를 끝내며 화로에 손을 쪼였다.

"그것이 좋기는 헌다……."

신세호는 고개를 숙이며 생각에 잠겼다.

운봉은 부젓가락으로 재 위에 무심히 낙서를 하고 있었다. 재 위에 쓰고 지우고 다시 쓰는 글씨는 '空虛(공허)'라는 한문이었다.

"보내기는 보내야겠는디, 그러고 나면 집안이 성치 못헐 것이니……."

신세호가 한참 만에 중얼거린 말이었다.

"소승이 무슨 묘책이 없는가 알아보겠구만요. 선생님도 그간에 생각혀 보시고라."

운봉은 그저 신세호를 위로하려고 한 말이 아니었다. 유승현에게 물어보면 무슨 묘책이 생길 것 같기도 했다.

사흘이 지난 깊은 밤, 그림자 둘이 송중원의 집을 나섰다. 두 그림자는 어둠을 헤치며 빠르게 마을을 벗어났다.

다음 날 오후에 하엽이는 경찰서로 달려갔다. 손에 종이를 한 장 들고 있었다.

"우리 아들을 좀 찾어 주씨요. 어저께 집을 나가서 밤에 안 들어오고, 오늘도 하루 내내 안 들어와서 방으로 들어가 보니 책상 위에 이 편지가 있었구만이라. 야가 어디로 죽으러 간 모양인디,

제발 무슨 일 저지르기 전에 찾아 주시게라."

하엽이는 편지를 내보이며 울면서 애원했다.

　모친 전 상서

　망설이고 또 망설이다 이 글을 씁니다. 어머님께 먼저 불효를 사죄드립니다.

　소자는 이제 더 이상 이런 세상에서 살아갈 힘도 용기도 없습니다. 아무 희망이 없는 세상에서 사느니 차라리…….

　부모님보다 앞서 가는 것이 불효 중에 가장 큰 불효인 줄 잘 알고 있사오나 소자는 더 어찌할 수가 없습니다. 불효자를 용서해 주시고 부디…….

불효자 준혁 배상

"이거 유서 아닌가!"

"야아, 일 저지르기 전에 얼른 좀 찾아 주시게라우."

하엽이는 눈물을 흘리며 순사에게 매달렸다.

"자식 단속을 집에서 해야지 우리보고 어쩌라는 거요. 가시오, 가서 집안 식구들하고 찾아봐요. 우리도 그보다 더 골치 아픈 일이 태산이니까."

순사들이 하엽이를 몰아냈다.

"세상에, 세상에 요런 야박헌 인심이 어디에 또 있다요."

하엽이는 몸부림치고 통곡하며 경찰서에서 떠밀려 나왔다.

"야 김명철, 너 술 사는 거 아깝냐?"

술에 취한 박용화가 갑자기 소리 질렀다.

"야 임마, 그게 무슨 소리야."

이마가 툭 불거진 김명철이 웃으면서 대꾸했다.

"야, 내가 눈치도 없는 줄 아냐? 아까 보니까 기분이 싹 안 좋던 걸 뭘 그래."

왼쪽 팔을 받치고 비스듬하게 앉은 박용화는 사뭇 시비조였다.

"야, 술맛 떨어지게 그따위 소리 말어."

김명철은 박용화의 심정을 생각해 무슨 말을 하든 받아 주기로 했다.

"그래, 고맙다. 우린 광주사범 동창이야. 호남 천재들의 요람 광주사범 동창이라구."

박용화는 김명철의 손을 잡고 마구 흔들어 댔다.

"야 김명철, 너 알지? 내가 학생 때 그 백돼지 때려눕힌 거!"

박용화는 곧 누구든지 때려눕힐 것처럼 제 눈앞에다 주먹을 부르쥐어 보였다.

"하하하…… 그래, 싸움 한번 볼만했지. 넌 그 덕에 우등생을 대표하는 주먹의 왕자가 되고 말야."

김명철이 고개를 젖히며 웃었다.

"그래, 그때처럼 아무나 실컷 두들겨 패고 싶다. 무엇이든 닥치는 대로 부수고 싶다. 아니야, 이 세상을 모조리 두들겨 부수고 박살 내 버리고 싶다. 아니, 유달산 위에서 떨어져 죽고 싶어. 그런데 그것도 뜻대로 안 돼. 난 너무 한심해. 거대한 무장 권력 집단 앞에서 개인은 무력하고 비참할 뿐이야. 죽을 수도, 살 수도 없는 더러운 처지야……."

박용화는 심각해져서 말했다.

그는 학병 입영 날짜를 기다리고 있었다. 그런데 초등학교 선생은 군대 복무에서 제외되기 때문에 대학에 가지 않고 학교에 남아 있었다면 학병에 끌려갈 일도 없었을 것이다. 그 때문에 박용화의 심정은 더 복잡했다. 그러나 김명철은 그런 박용화를 좋게 이해할 수만은 없었다. 국민학교 선생을 우습게 알고 더 출세하겠다고 뛰다가 제 꾀에 넘어가 덫에 걸린 놈. 이런 아니꼬운 생각도 마음 한구석에 도사리고 있었다.

"이제 죽으러 갈 날이 열흘도 안 남았다. 그때까지 매일 술 좀 사라."

박용화는 술기 가득한 눈으로 김명철을 쏘아보았다.

"알았어, 그렇게 하지."

김명철은 내키지 않았지만 대답하지 않을 수 없었다.

"역시 너밖에 없다. 그런데 어떻게 목포에 우리 동창이 너밖에 없냐. 몇 놈 더 있으면 좋을 텐데."

박용화는 무얼 생각하는지 천장을 올려다보더니 단숨에 술을 들이켰다.

"만나고 싶으면 이 근방에서 근무하는 애들을 부를 수도 있지. 참, 너하고 함께 자취했던 유기준이 여기 영산포에 근무한다."

"뭐, 유기준이? 그놈은 진도인가 어디 섬으로 밀려갔었잖아?"

박용화가 정신을 차리려는 듯 머리를 흔들었다.

"그래, 섬에서 고생했으니까 순환 전근된 거지."

"그놈 그거 사회주의잔데 용케 견디네."

박용화의 입에서 불쑥 나온 말이었다.

"뭐라구? 그게 무슨 소리지? 아무리 취했다고 근거 없는 말을 함부로 해서야 되겠어?"

김명철은 불쾌한 표정으로 따지듯 말했다.

"흥, 아무것도 모르면서 그렇게 기분 나빠할 것 없어. 내가 자취하면서 발견한 건데, 그놈이 사회주의 학습 인쇄물들을 책 껍데기 속에 감춰 두고 있었지. 너 기억하는지 모르겠는데, 그놈 성적이 자꾸 떨어졌었지? 왜 그런지 아나? 다 그 인쇄물들이 원인이었지. 이래도 근거가 없는 말이냐?"

박용화는 오래된 일을 며칠 전 일처럼 말하며 느물느물 웃고 있었다.

"유기준이? 그것 참……."

김명철은 유기준이 그랬다는 것도 그렇고, 박용화의 그 똑똑한 기억력에도 가슴이 서늘해졌다.

"그나저나 자네 일로 모친께서 상심이 크시겠네."

김명철은 박용화의 머리에서 유기준을 몰아내려고 느닷없이 그의 어머니를 들이댔다.

"어? 우리 어머니?"

박용화는 얼굴이 싹 굳어졌다. 그리고 술잔을 단숨에 비웠다.

"우리 어머니, 참 불쌍하신 분이지. 평생 부두에서 생선 배 따기로, 온갖 행상으로 형과 나를 가르치느라 고생고생하셨지. 그런데 난 판검사가 되겠다고 공부를 시작하면서 몇 푼씩 보내 드리던 용돈을 끊어 버렸어. 대학 학비를 모아야 했으니까. 그래도 어머니는 서운해하시기는커녕 오히려 학비 못 대 주는 걸 가슴 아파하셨지. 형은 자기가 원하는 직장으로 옮기지 못하는 좌절감에 빠져 술타령이나 하고, 형수라는 여자는 독해서 시어머니한테 용돈 한 푼 안 드리고 구박만 했지. 어디 내가 판검사가 되고 나서 보자고 벼르고 별렀는데 이 꼴이 되고 말았어. 내가 잘못 생각한 거지. 그대로 선생질을 해 먹었더라면 어머니가 괄시당할 일도 내가 사지로 끌려갈 일도 없었을 텐데, 미친놈이 헛지랄 한 거야. 난 세상에 둘도 없는 불효 새끼야. 불쌍한 우리 어머니……."

박용화는 꺼이꺼이 울기 시작했다.

40

종군 위안부들의 행로

"아이고, 둘 다 이쁜 얼굴인디 푸석푸석 붓고 마른버짐 피고 요 것이 뭣이여. 제대로 배불리 먹고 살면 매화꽃이 부럽겄어, 목단꽃이 부럽겄어?"

여자의 입심 좋은 말에 복실이와 순임이는 창피스러워 고개를 수그렸다.

"날마다 죽도 제대로 못 먹고 소나무 껍데기 벗겨 먹고, 풀뿌리 캐러 댕기면서 집에만 붙어 있으면 무슨 수가 생기드랑가?"

여자의 말에는 한층 신명이 오르고 있었다.

"자네들도 좋고, 식구들도 살리는 길은 내 말을 듣는 것이여. 이 선도금 20원이면 당장 자네 식구들이 세 끼니 밥 척척 먹을 것 아니여."

여자는 종이돈 두 장을 복실이와 순임이 눈앞에 흔들어 보이고는, "어디 고것만이간디? 한 달에 받는 돈이 30원이여, 30원." 하고 입맛을 다시며 복실이와 순임이 앞으로 바짝 다가앉았다.

"저……, 참말로 30원씩 주는게라?"

복실이가 물었다.

"하면, 요 20원은 당장 주고, 달마다 30원씩 준당게."

여자는 또 종이돈을 흔들어 보였다.

"무슨 일을 허는디 그리 많이 줘라?"

이번에는 순임이가 물었다.

"공장에서 일허제. 남자들이 다 군대에 나갔응게 여자들이 일허는 것이고, 자네들은 젊고 기운 좋아서 30원씩 주는 것으로구만."

여자는 웃음을 지으며 술술 대답했다.

"니 어쩔래?"

복실이가 물었다.

"니는 어쩔래?"

순임이가 되물었다.

"하이고, 묻고 자시고 헐 것 뭐 있간디? 맘 딱 정허는 것이제."

"우리 가자!"

순임이가 먼저 말했다.

"근디, 엄니헌티 말혀야제."

복실이의 자신 없는 대꾸였다.

"잉, 자네들만 맘 딱 정허면 그 담은 내가 다 알어서 헐 것잉게 아무 걱정 말어."

여자가 자신만만하게 말했다.

그 여자는 복실이의 어머니 월전댁을 붙들고 이야기를 엮어 대기에 바빴다.

"자, 요 돈 딱 받고 복실이맨치로 맘 정허씨요."

여자는 월전댁의 메마른 손에 종이돈 두 장을 쥐어 주었다.

"아니구만이라, 아그들 아부지가 내려다보면서 생야단을 칠 것인디요."

굶주림으로 양쪽 볼이 푹 꺼지고 눈이 퀭한 월전댁이 돈을 되밀었다.

"아이고, 상감도 죽으면 그만인디 누가 내려다보고 올려다보고 그래야? 허고, 내려다본다고 칩시다. 돈 잘 벌 자리를 두고 저 어린 손자새끼들 배 탈탈 곯려 부황 들게 만들기를 바라겄소, 아니면 배불리 먹이기를 바라겄소?"

"……."

두 손자에게 눈길을 보내던 월전댁은 가슴이 뜨끔했다. 둘째 손자를 안고 있는 며느리와 눈길이 마주친 것이다.

"알겄소, 내가 복실이 말을 들어 볼라요."

월전댁은 며느리의 눈길에 밀리듯 이렇게 말했다.

"복실이 말은 들어 보나 마나고 돈 얼른 받아서 저 불쌍헌 손자새끼들 한 끼니라도 빨리 배 채워 줘야제 내일까지 굶길라고 그러요? 얼른 돈 받어다 쌀 팔아 오게 허씨요."

그 여자는 능란하게 월전댁의 아픈 데를 찌르며 돈을 다시 밀어 놓았다.

월전댁은 돈을 다시 되돌려 주지 못하고 고개를 떨구었다.

"낼 아침에 일찍 또 오겄소."

그 여자는 도망치듯 방을 나갔다.

"복실아, 니 잘헐 수 있겠나? 타국에서 고생이 많을 것인디……."

그날 밤 월전댁은 딸하고 나란히 누워서야 입을 열었다.

"농사일도 허고 살었는디 뭐. 내가 돈 많이 벌어서 논도 사고, 집도 사고, 엄니 호강시킬라네."

"아이고, 나 호강시킬라 말고 니 시집이나 잘 가야제."

"엄니, 나 없다고 심심해허지 말어. 오빠 징용 간 지 1년 되았응게 인제 1년만 참으면 오덜 안 혀."

"아이고, 애긴지 알었등마 우리 딸이 다 컸네."

월전댁은 눈물이 쏟아지려고 해 딸을 와락 끌어안았다.

남편이 재작년부터 시름시름 앓다가 세상을 뜨고 아들마저 징용에 끌려가면서 생활은 더 어려워졌다. 과수원에서 품을 팔았지만 그날그날 풀칠하기 바빴고, 가을에 과일을 다 따고 나면 품팔이 일마저 없어 죽 끓이기도 어려운 겨울을 나야 했다. 딸을 일본까지 보내고 싶지는 않았지만 어쩔 도리가 없었다.

이튿날 아침, 복실이와 순임이는 그 여자를 따라 전주의 어느 여인숙으로 갔다. 그곳에서 일본 남자 하나와 조선 남자 하나가 이들을 맞이했다.

"이분들이 느그들을 일본으로 데리고 갈 것잉게 말들 잘 들어."

여자가 복실이와 순임이에게 말했다.

조선 남자가 복실이와 순임이를 데리고 가 골방으로 밀어 넣었다.

"곧 올 테니까 빨리 옷 갈아입고 있어."

그는 보퉁이 두 개를 던지고는 문을 닫았다. 그런데 복실이와 순임이는 깜짝 놀랐다. 그 방에 다른 여자들 다섯이 쪼그리고 앉아 있었던 것이다.

"뭘 그러고 섰소? 얼른 옷이나 갈아입제. 매 안 맞을라면."

어느 여자가 뚱하니 말했다.

'매……?'

복실이와 순임이의 눈이 마주쳤다.

둘은 치마저고리를 벗고 보퉁이 속에 들어 있는 원피스라는 옷으로 갈아입었다.

조금 있다가 조선 남자가 들어와 순임이의 머리채를 붙들더니 다짜고짜 가위를 들이댔다.

"아이고메 엄니, 어째 이러시는게라?"

순임이가 질겁을 하며 복실이를 붙들었다.

"잔소리 말고 가만히 있어. 조선 년 티 안 나고 원피스에 어울리게 머리를 짧게 잘라야 취직이 되지. 저거 봐, 다른 애들도 다 잘랐잖아."

조선 남자가 머리채를 거칠게 잡아 흔들며 말했다.

순임이와 복실이는 그때서야 다른 여자들의 머리가 다 짧다는 것을 알았다.

조선 남자는 싹둑싹둑 가위질을 해 댔다. 순임이는 가위질 소리가 날 때마다 몸을 움찔움찔 떨었다.

이틀이 지나 세 처녀가 또 들어왔다. 그런데 한 처녀는 집에 보내 달라며 울다가 조선 남자에게 사정없이 따귀를 얻어맞았다.

그 처녀는 줄곧 울면서 저녁밥도 먹지 않았다. 밤중에 이야기를 들어 보니 이모 집에 심부름을 다녀오다가 순사에게 붙들려 왔다고 했다. 그러니 선도금도 받은 일이 없었다. 왜 돈벌이 가기 싫다는 사람을 부모도 모르게 억지로 붙들어 왔는지 모를 일이었다.

다음 날 여인숙에서 나가 기차를 탔다. 그 처녀는 지쳤는지 더울지 않았고, 조선 남자는 그 처녀를 따라붙듯이 감시했다.

그들은 부산역에서 내려 해변가의 어떤 수용소로 들어갔다. 수용소에는 창고 같은 건물이 네댓 채 있었고, 일본군이 오가고 있었다. 그들이 들어간 건물에는 처녀가 20명쯤 있었다. 그 가운데절반쯤은 선도금을 받지 않았다고 했다. 돈벌이 좋은 공장에 취직시켜 준다고 해서 따라나섰고, 선도금이란 말은 듣지도 못했다는 것이다. 그 처녀들은 뒤늦게 분해했지만 아무도 따지지는 않았다. 이제 와서 따져 봐야 선도금을 받지는 못하고 얻어맞기만 한다는 것이었다.

놀랍게도 이모집에 심부름 갔다 오다 잡혀 온 처녀처럼 아무도모르게 잡혀 온 처녀가 예닐곱이나 되었다.

7일 만에 수용소에서 트럭을 타고 부두로 나갔다. 부두에 모인처녀는 모두 80명이었다. 감시하던 남자들은 처녀들을 두 패로갈랐다. 복실이와 순임이는 서로 갈리지 않으려고 손을 잡고 꼭붙어 섰다. 50명은 오사카로 가는 배를 탔고, 30명은 시모노세키로 가는 배를 탔다. 복실이와 순임이는 50명 속에 들었다.

오사카에서는 부대 안의 막사에 들어갔다. 옆 막사에는 50명쯤 되는 조선 처녀들이 먼저 와 있었다. 그런데 일본에 왔는데도 공장에 보내 줄 낌새는 보이지 않았다.

2주일이 지났다. 처녀들은 아무래도 이상하다고 수군거렸다.

"참 이상하네요. 왜 공장에는 안 보내 주냐구요."

"딴 곳으로 가니까 그렇지."

"딴 곳이 어딘데요?"

"글쎄, 잔소리 말고 기다려."

또 5일이 지났다. 트럭을 타고 실려 간 곳은 또 부두였다. 100여 명의 조선 처녀들은 무작정 배로 떠밀려 올라갔다.

엄청나게 큰 그 배에는 군인들이 가득 타고 있었다. 처녀들은 빈 선실로 들어갔다.

"요상허다. 우리를 전쟁터로 끌어가는갑다."

복실이가 쪼그리고 앉으며 겁 실린 소리로 속삭였다.

"뭣이여? 고것을 어찌 알어?"

순임이가 눈이 휘둥그레졌다.

"이 멍청아, 저 많은 군인들을 봐. 군인이 전쟁터 아니면 어디로 가겠냐?"

"우리를 어디다 써먹을라고 전쟁터로 끌어가겠냐? 저 군인들도 일본 딴 데로 옮겨 가는 것 아니겠어? 니가 너무 눈치가 싼 것이제."

"……그럴랑가도 모르제."

복실이는 마음이 석연치 않았지만 나쁜 쪽으로 생각하기는 싫었다.

마침내 배가 정박했다. 처녀들을 다 밖으로 끌어냈다. 그리고 두 패로 갈랐다. 그런데 복실이와 순임이는 갈라지고 말았다. 앞 뒤로 서지 않고 손을 잡고 양쪽으로 섰기 때문이었다.

순임이가 속한 60여 명은 배에서 내려 다시 20명씩 세 패로 갈려 트럭에 실렸다. 트럭은 각기 다른 방향으로 달렸다.

순임이네 트럭은 어느 부대로 들어갔다. 지붕이 둥근 건물들이 여기저기 많았다. 그들은 그 맨 끝 건물로 밀려 들어갔다.

"여기가 어딘데 와 이리 덥노."

"얄궂어라, 여기도 일본 땅일랑가?"

날이 어두워지자 배 타기에 지칠 대로 지친 처녀들은 하나 둘 씩 잠이 들었다. 그런데 문이 벌컥 열리면서 군인들이 쏟아져 들어왔다. 군인은 한둘이 아니었다. 군인들은 처녀들을 향해 침상으로 뛰어올랐다.

"엄마아!"

"엄니이!"

잠들지 않은 처녀들이 비명을 지르며 달아나려 했고, 막 잠이 들었던 처녀들이 소스라쳐 일어났다. 그러나 처녀들은 삽시간에 군인들에게 붙들리고 말았다.

처녀들은 몸부림치고 발버둥 치며 군인들을 떠다밀고 비명을 질렀다.

"바까야로(바보 자식)!"

"칙쇼(빌어먹을)!"

군인들의 욕설과 함께 따귀 치는 소리가 여기저기서 철썩철썩 울렸다. 처녀들의 반항이 차츰 수그러들었다.

군인들이 다 나가자 처녀들의 울음소리가 커졌다. 그러나 그것도 잠시였다. 군인들이 또 쏟아져 들어왔다. 처녀들은 다시 몸부림치고 발버둥 치며 비명을 질렀다.

"칙쇼!"

"바까야로!"

또 욕설이 터지며 따귀 치는 소리들이 철썩거렸다.

처녀들은 어둠 속에서 오열하며 자기들이 어떤 신세가 되었는지 깨닫고 있었다.

그들은 6일 동안 그 막사에 갇힌 채 일본군에게 무지막지한 성폭행을 당했다.

그들은 7일째에 다시 배를 탔다. 배에 군인은 없었고 물건이 가득 실려 있었다. 처녀들은 이제 어디로 가느냐고 묻지 않았다. 모두 넋 나간 듯 멍하니 앉아 있을 뿐이었다.

배는 며칠 만에 어느 섬들 옆을 지나고 있었다. 짙푸르고 맑은

넓고 넓은 바다에 섬들이 점점이 찍혀 있었다. 선원들이 저기가 사이판이고 그 아래로 있는 것이 야프섬이고, 너희는 파라오 섬에 내릴 거라고 설명했다. 그러나 아무도 그 말을 귀담아듣지 않았다.

파라오에 내린 그들은 두 줄로 서서 낯선 나무들이 우거진 숲 그늘을 따라 걸었다. 그때까지 그들을 줄곧 감시하고 때리던 일본인과 조선인 두 남자는 이제 더 감시할 게 없다는 듯 앞서 걸으며 웃고 있었다.

"우리 조선이 어느 쪽이겠냐?"

집이 임실이라는 삼월이가 두리번거리며 물었다.

"모르겠어."

순임이는 시름겨운 얼굴로 고개를 저었다.

오래 걷지 않아 판자로 지은 기역자집이 나타났다. 거기서 일본인 부부가 그들을 맞이했다. 우락부락하게 생긴 남자는 조선 말을 곧잘 했다. 여자는 서툴렀지만 알아듣기는 다 알아듣는 눈치였다.

"지금부터 방을 배정한다. 모두 날 따라와."

처녀들은 처음 줄을 선 그대로 두 줄로 그 주인 남자를 따라갔다. 주인의 방이 현관에 맞붙어 있었고, 복도를 사이에 두고 방들이 죽 이어져 있었다. 방문 위에는 번호표가 붙어 있었다. 주인남자는 15번 방부터 처녀들을 하나씩 밀어 넣었다. 순임이는 21번 방으로 떠밀려 들어갔다.

두 평 남짓한 방이었다. 바닥에는 다다미가 깔려 있고, 조그만 창문 반대쪽 구석에 옷장 하나가 놓여 있었다. 순임이는 어찌해야 할지 몰라 방 가운데 오두마니 서 있었다.

'복실아, 니도 이런 꼴 당허지야? 그 거짓말을 믿은 우리가 바보다. 세상에 요런 흉한 일을 두고 어찌 그런 거짓말을 했을끄나. 복실아……, 나 더 살고 싶지 않어. 배 타고 오면서 몇 번이나 바다에 빠져 죽을라고 혔는디……, 엄니가……, 불쌍헌 엄니가 생각나서……, 나 미칠 것 같다. 복실아……, 복실아……'

한편, 복실이가 탄 배는 낮에는 미군 비행기의 폭격을 피해 밤에만 항해했다. 날이 갈수록 날씨는 더워졌다. 복실이는 날짜가 가는 것을 셈하려고 마음먹었지만 뱃멀미와 더위에 시달려 잘되지 않았다.

오사카를 떠난 지 20일쯤 되어 사이공에 도착했다. 그곳의 수용소에는 20명의 조선 처녀들이 먼저 와 있었다. 거기서 비로소 복실이 일행은 자기네들이 위안부 노릇을 하게 된다는 사실을 알았다. 처녀들은 울고불고 야단이었다. 그러나 그 소란도 오래가지 못했다. 감시원들이 몽둥이를 휘두르고 욕을 퍼붓는 바람에 꼼짝도 할 수 없었다.

조선 처녀 60명은 20명씩 세 패로 갈라졌다. 복실이네 조는 배와 기차를 바꿔 타며 한정 없이 갔다. 열흘쯤 지나 랑군이라는 곳에 도착했다. 복실이를 끌고 온 그 일본 남자와 조선 남자가 계속 함께 갔다.

랑군은 숨쉬기도 어려울 만큼 더웠다. 복실이네는 트럭을 타고 산속의 어느 집 앞에 도착했다. 그 집 앞에는 위안소라는 간판이 붙어 있었다.

숲 속에서 구령 소리와 군인들 발자국 소리가 들려왔다. 가까운 곳에 일본군 부대가 있었던 것이다.

위안소 건물은 두 채가 나란히 서 있었고 한 건물에 방이 열 개씩이었다. 곧 방 배정이 시작되었고 복실이는 8호실로 들어 갔다.

저녁을 먹고 나서 처녀들이 이 방, 저 방에 모여 앉아 이야기를 하고 있을 때, 군인들이 우르르 몰려들었다.

"다 장교님들이시다. 다들 얌전하게 잘 모셔야 해. 빨리 자기 방으로 들어가!"

조선 남자가 처녀들에게 소리쳤다.

처녀들은 질겁해서 제각기 자기 방으로 뛰어들었다.

복실이는 구석에 바짝 쪼그리고 앉아 와들와들 떨고 있었다. 그런데 군인 하나가 쑥 들어섰다.

'아이고메, 엄니!'

복실이는 눈을 질끈 감으며 진저리를 쳤다.

41

해바라기 군상

"안녕하세요, 사장님."

"아 박 여사, 어서 오세요."

소파에서 무엇을 보고 있던 민동환이 사장실로 들어서는 박정애를 반갑게 맞이했다.

"박 여사께서 어인 행차십니까?"

민동환은 들고 있던 직사각형의 빳빳한 종이를 탁자 위에 슬쩍 던지듯 놓았다. 박정애가 보게 하려고 일부러 그런 것이었다.

"문화계의 멋쟁이 민 사장님을 뵈려고요."

박정애도 미끈하게 사교적인 발언을 했다.

"아이구, 과분한 말씀입니다."

민동환은 겸손한 척하면서도 기분 좋게 웃었다.

"아, 홍 변호사 청첩장 받으셨군요?"

어느새 탁자 위에 놓인 빳빳한 종이를 알아보고 박정애가 말했다.

"역시 박 여사는 소식통이 빠르시군요."

"뭐, 빠른 건 아니구요. 저도 어제 받았거든요."

박정애의 가벼운 대꾸였다.

"아, 두 분이 언제 화해하신 모양이지요?"

민동환이 놀라 물었다.

"그런 일 없어요. 박정애라는 인간한테 보낸 게 아니라 국민총력연맹 지부의 간부한테 보낸 거겠지요."

박정애의 말에는 가시가 돋쳐 있었다.

"그랬을 리 있나요. 겸사겸사 보낸 거겠지요."

민동환은 속마음과는 달리 적당히 얼버무렸다. 그러나 속으로는 박정애가 중인 신분인 제 주제를 잊지 않고 있어서 다행이라고 생각했다. 세상이 변해서 그렇지 박가가 감히 민 씨와 맞상대를 하고 들다니, 참 아니꼬운 일이 아닐 수 없었다. 홍명준이 박정애에게 청첩장을 보낸 것도 충격이었다. 박정애를 아주 무시하는 홍명준을 생각하면 상상하기 어려운 일이었다. 홍명준도 박정애의 사회적 비중까지 무시하지는 못하는 모양이었다.

"흥, 홍 변호사도 아주 약게 놀아요. 홍 변호사 사돈이 누군지 아세요? 판사 나으리십니다."

"그럼 일본인 아닙니까!"

민동환은 충격을 받았다.

"네, 그리 놀라실 것 없어요. 홍 변호사가 내선일체 혼인론을 몸소 실천하려고 나선 거니까 우린 뜨거운 축하를 보내면 되지요."

박정애는 쌕쌕 웃으며 말했다.

"아 예, 그야 그렇지요."

민동환은 당황스럽게 대꾸했다.

박정애는 민동환을 가지고 놀고 있었다. 민동환이 놀라는 것은 실망해서가 아니라 선망해서이고, 그 속에는 질투가 섞여 있다는 것을 박정애는 빤히 들여다보고 있었다.

"그 사실을 알고 나니 기분이 어떠세요?"

"아 예, 내선일체 혼인론을 솔선수범하는 것이니 우리 모두 본받아야지요. 저는 부조금이나 두둑이 준비해야겠습니다."

'흥, 네까짓 게 날 놀리려고?' 하는 생각으로 민동환은 이렇게 받아넘겼다. 또한, 입이 빠른 박정애에게 자칫 말을 잘못했다가 홍명준에게 어떻게 전할지 알 수 없었다.

"민 사장님은 과연 모범적인 황국신민이고 인격자로군요."

박정애도 웃으며 이렇게 되받아쳤다.

"아이구, 황송스럽게……."

민동환은 겸손한 척해 보이고는, "내선일체 혼인론은 참 잘 생각해 낸 겁니다. 말로만 내선일체를 부르짖으면 뭐합니까? 서로 피가 다르면 언제까지나 물에 기름이지요. 그런데 내선일체 혼인론을 실행해서 서로 사돈이 되고 부부가 되면 당장 한집안이 되는 거고, 자식을 낳으면 그야말로 완벽한 내선일체를 이루는 것 아닙니까? 그 효과로 보자면 창씨개명은 델 게 아니지요."라며 아주 진지하게 말했다.

"역시 대동아회의의 위력은 대단하군요. 지식인들을 다 자발적으로 행동하게 만들었으니까요."

"그야 더 말할 게 없지요. 대동아공영권이란 게 지식인들의 상상으로 가능이나 한 일입니까?"

대동아회의란 작년(1943년) 11월에 만주국·중화민국·필리핀공화국·타이국·버마국의 대표들이 동경에 모여 일본 천황을 배알하고, 이틀 동안 제국 의사당에서 대동아 100년의 평화와 번영을 논의한 회의였다. 그건 일본군이 영국·미국·네덜란드 등의 아시아 식민지 국가들을 해방시키고 새롭게 대동아공영권을 실현시켰음을 세상에 과시한 것이었다. 그 소식을 조선에서도 신문과 방송을 총동원해 대대적으로 알렸음은 물론이었다.

"그런데 아직도 그 현실을 인정하지 않고 버티는 지식인들이 있으니 문제입니다."

박정애는 국민총력연맹 지부 간부답게 고민스런 표정을 지었다.

"그까짓 자들은 걱정할 게 없습니다. 우리 잡지에도 성전을 찬양하고, 황군 지원을 독려하고, 내선일체를 역설하는 글이 밀려들고 있습니다. 이런 도도한 물결 속에서 그자들이 얼마나 버티겠어요?"

민동환은 자신에 차서 말했다.

"그 말도 일리는 있는데, 그렇다고 마음을 놓아서는 안 돼요. 능력자는 하나라도 더 우리 편으로 끌어들여야지요."

박정애는 자못 의젓하게 말하며 '우리 편'이라는 말을 썼다.

"그야 물론 그렇지요."

"말이 나왔으니 말인데, 오늘 여기 온 목적 중의 하나가 윤일랑 씨 거처를 알아보기 위해서였어요."

"윤일랑? 그자를 왜요? 그 형편없는 놈 얘긴 꺼내지도 마세요."

민동환은 거침없이 욕을 내뱉었다.

"무슨 기분 나쁜 일이 있었던 모양인데 그럼 얘기하지 맙시다. 난 그 사람 능력을 생각해서 회유도 할 겸 도와주기도 할 겸 우리 극단의 장막 희곡을 쓰게 할 작정이었거든요."

"괜히 헛수고 안 하는 게 좋을 겁니다. 회유될 놈이 아니거든요."

"그럴까요? 내가 보기엔 요즈음이 아주 좋은 기회일 것 같은데요. 그동안 윤일랑도 생활고에 시달릴 만큼 시달렸고 배가 고플 만큼 고팠어요. 제아무리 지조인지 고집인지가 센 윤일랑도 굶주림 앞에 거금을 내놓는데 별수 있겠어요?"

박정애는 부드럽고도 능란하게 말했다.

"모르겠습니다."

윤일랑 이야기는 더 듣고 싶지 않다는 듯 민동환은 고개를 돌려 버렸다. 그의 머릿속에 그날의 일이 생생하게 떠올랐다.

송중원이 회사를 그만두고 서너 달이 지난 어느 날, 윤일랑이 사장실로 뛰어들었다. 대낮인데도 그는 술에 취해 있었다.

"야 임마 민동환, 너도 사람 새끼냐! 잡지를 해 처먹으려면 똑바로 해 처먹어. 친구 형님을 그따위로 야비하게 몰아내고도 네놈이 고이 잡지를 해 먹을 것 같으냐? 이 대가리에 똥밖에 안 든 친일파 놈아!"

"당신이 뭔데 이래. 남의 일 간섭 말고 당신 글이나 똑똑히 써."

"뭐야!"

윤일랑은 민동환의 멱살을 잡는가 싶더니 그대로 얼굴을 들이받았다.

"어쿠!"

민동환은 주저앉았고, 조금 있다가 정신을 차려 보니 윤일랑은 사라지고 없었다.

그 일을 계기로 그는 사원을 다 갈아 치웠고 잡지 내용도 대폭 바꾸었다.

"내선일체 혼인론을 실행하기에는 아직 아이들이 어리고, 그전에 해야 할 일이 있을 것 같은데요."

박정애가 이야기를 돌렸다.

"그게 뭐지요?"

민동환은 불쾌한 기억을 지우려고 억지로 웃어 보였다.

"집에서 아이들이 무슨 말을 쓰지요?"

"그야……."

민동환은 순간적으로 박정애의 말뜻을 깨달으며 아차 싶었다.

"국어를 안 쓰고 조선말을 쓰는군요?"

박정애는 가차 없이 민동환의 허점을 찔렀다.

"그게 글쎄……."

민동환이 어색하게 어물거렸다.

"민 사장님뿐만 아니라 보통 그렇게 철저하지 못해요. 내선일체의 기초는 어린아이들일수록 국어를 늘 쓰게 해서 몸에 완전히 배게 하는 거 아닌가요?"

박정애는 국민총력연맹 간부의 태도를 보였다.

"맞습니다. 총독부에서도 국어 상용을 강조하고 있지요. 제가 그만……."

"총독부뿐만 아니라 우리 국민총력연맹에서도 가장 중시하는 사업이 첫째 성전 지원, 둘째 국어 상용 운동이에요. 섭섭하군요. 아이들이 국어를 상용했더라면 제가 '국어 상용의 가(家)' 표창을 받게 해 줄 수도 있는데."

박정애는 슬쩍 미끼를 던졌다.

"알겠습니다. 당장 국어를 쓰게 하지요."

민동환은 일본식으로 연거푸 고개를 까딱거렸다.

거대 친일 조직 국민총력연맹에서는 전쟁 지원을 위해 유기그릇을 강탈하고 성금을 걷는 일만 하는 게 아니었다. 일본어 상용을 강요하고 그 효과를 높이기 위해 집 안에서도 조선말이 아닌 일본어를 쓰는 가정을 골라 표창장을 주고 있었다.

박정애는 재력과 연극 단체를 배경 삼아 국민총력연맹 간부직을 차지했다. 박정애는 국민총력연맹에 들어가면서부터 양 어깨에 날개를 단 격이 되었다. 그 연맹의 영향력을 이용해 맘껏 저명 여류 인사로 행세할 수 있었던 것이다.

"그럼 며칠 있다가 홍 변호사댁 결혼식장에서 뵙도록 하지요."

박정애는 살짝 눈웃음치며 일어섰다.

민동환과 박정애는 송중원에 대한 말은 한마디도 꺼내지 않고 헤어졌다. 그들은 송중원을 통해 서로 알게 된 사이였다. 민동환이 홍명준을 알게 된 것도 마찬가지였다.

한편, 윤일랑은 봉투에 번역 원고를 넣어 가지고 동대문 앞을 지나고 있었다. 낡아 빠진 옷에 두 볼이 움푹 파일 만큼 메마른 그의 몰골에서는 가난이 질질 흐르고 있었다.

"선생님, 그렇지 않아도 기다리고 있었는데요."

윤일랑이 들어서자 잡지사 직원이 반색을 했다.

"마감 날짜 아직 안 지났는데."

윤일랑은 의자에 몸을 부렸다.

"며칠 전 선생님을 급히 찾는 전화가 왔는데, 저희가 선생님 댁을 알아야 연락을 드리죠. 박정애라는 분이 좋이 일이라면서 급히 연락을 달라더군요. 여기 전화번호 있습니다."

직원이 쪽지를 내밀었다.

"……."

"전화 걸어드릴까요?"

"아니, 됐네."

윤일랑의 목소리는 싸늘했다.

직원이 머쓱해서 돌아섰다.

윤일랑은 편집장에게 원고 봉투를 내밀었다.

"수고하셨습니다. 어디 불편하십니까? 안색이 안 좋으신데요."

편집장이 봉투를 서랍에 넣으며 물었다.

"아니오, 영양실조라서 그렇소. 나 원고료나 좀 주시오."

윤일랑이 무표정하게 말했다.

"글쎄요, 될지 모르겠는데요."

편집장이 한쪽 눈을 찡그리며 웃었다.

"다는 바라지도 않소. 번역이나 해 먹는 놈 비참하게 만들지 말고."

"선생님은 참, 글 쓸 능력이 없어서 번역을 하면 큰일 나겠군요. 잠깐만 기다리세요."

편집장이 그 심정을 안다는 듯 스산한 웃음을 지으며 일어났다.

"선생님, 죄송합니다. 다 긁었는데 절반밖에 안 된답니다."

편집장이 난색이 되어 봉투를 내밀었다.

"아니, 그만하면 고맙소."

윤일랑이 희미하게 웃었다.

"선생님, 나가셔서 차 한잔하실까요?"

"갑시다. 내가 살 테니."

"아닙니다. 대접은 제가 하겠습니다."

편집장이 봉투를 들고 앞장섰다.

밖에는 5월의 햇살이 눈부셨다.

"아, 햇빛 좋다. 역시 5월은 계절의 여왕입니다."

편집장이 하늘을 우러러보았다.

"계절의 여왕이라……"

윤일랑의 눈앞에 노천명의 모습이 불쑥 떠올랐다.

'성질 깔끔하고 칼칼한 여인이여, 그대마저 친일로 돌아서다니. 여류 시인답지 않게 무게감 있는 시를 써낸 그대는 꼿꼿하게 버틸 줄 알았다. 그런데 친일이라니. 출세를 위해서인가? 편히 살기 위해서인가? 아니면, 누구 말마따나 남들이 다 변하니까 따라서 그런 것인가? 그대에게 기대한 건 없다만 괜찮은 시 몇 편이 아깝다.'

윤일랑은 시인 노천명을 특별히 탓하지는 않았다. 여류 문인들도 이미 친일 대열에 가담했고, 미술가며 음악가들도 적극적인 친일 활동을 전개하고 있는 판이었다. 그리고 종교계며 교육계 등 모든 분야에 걸쳐서 지식인들은 친일의 깃발을 들고 있었다. 작년 11월의 대동아공영권 성취라는 것을 계기로 벌어진 급격한 변화였다.

"선생님, 그 박정애라는 분 말입니다. 저한테 따로 전화를 해서 선생님을 꼭 좀 뵙게 해 달라고 하던데요. 선생님께 도움 될 일이라구요."

편집장이 자리를 잡고 앉자마자 꺼낸 말이었다.

"그 여자 국민총력연맹 간부요. 그런 여자가 나한테 무슨 도움을 주겠소?"

윤일랑이 쓰디쓰게 웃었다.

"회유하려는 것이로군요? 전 그것도 모르고 선생님께 도움 될 일이라고 해서……."

편집장은 머리를 긁적이고는, "참 그 소식 들으셨습니까?"라고 물으며 앉음새를 고쳤다.

윤일랑은 찻잔을 놓으며 무슨 일이냐고 눈으로 묻고 있었다.

"만해 선생이 타계하신 것 말입니다."

"아니, 한용운 선생이?"

윤일랑은 깜짝 놀랐다.

"예, 며칠 됐습니다."

"아아, 그분마저 돌아가시다니……."

"더 사실 분인데 아사나 마찬가집니다. 배급 타 먹기를 거부하셨으니까요."

"배급 타기를 거부했다는 건 알고 있소. 그분은 장기간 아사 투쟁을 해 오신 거요."

"예, 그렇습니다."

"참, 꼭 계셔야 할 분들이 그렇게 가시니……."

윤일랑은 뭉텅이진 한숨을 토해 냈다.

"이육사 선생도 가시고 만해 선생도 가시고……, 이제 문단도 친일 문인들의 독무대가 됐습니다."

편집장도 짙은 한숨을 내쉬었다.

열여덟 차례씩이나 투옥을 당하면서 치열하게 독립 투쟁을 전개하던 시인 이육사는 지난 1월에 북경 감옥에서 옥사했던 것이다.

"참, 갈수록 암담한 세상이오."

윤일랑의 어금니 맞무는 소리가 뿌드득 들렸다.

달포쯤 지나 국민총력연맹 경성지부에서는 표창식이 거창하게 진행되고 있었다. 표창을 받을 사람은 열서너 명이었다. 그중에 민동환도 있었다.

"여러분은 총독부의 내선일체 정책에 적극 호응하여 국어 상용에 솔선수범함으로써 타의 모범이 되었으므로……."

지부장의 장황한 인사말에 이어 표창이 시작되었다.

"민 사장님, 축하해요."

식이 끝나자 박정애가 민동환에게 다가왔다.

"고맙습니다. 모두가 박 여사님 덕분입니다."

"원 별말씀을. 앞으로 더욱 충성하셔야 해요."

"여부가 있겠습니까?"

민동환과 박정애는 더없이 환하게 웃었다.

42

당신은 아는가

　한쪽 산줄기를 끊으며 뻗어 나간 비행장 공사는 마무리 단계에 들어가 있었다. 산줄기를 잘라 평지로 만드는 힘겨운 일을 한 사람들은 조선 노무자 1천여 명이었다.

　비행장 활주로에는 시멘트 콘크리트 공사가 한창이었다.

　"이 새끼야, 빨리빨리 해!"

　"야 이 새끼야, 잡담 마라!"

　십장들 외치는 소리가 공사장의 열기를 달구고 있었다.

　6월의 해가 붉은 노을을 남기고 사라져도 노동은 멈추지 않았다. 노무자들의 노동시간은 아침 8시부터 오후 8시까지 12시간이었다.

땡땡땡땡땡땡……

레일 토막 두들기는 소리가 방정맞다 싶게 빠르게 울렸다.

"아이고 살았다."

"아이고 할배요."

노무자들이 그 종소리에 반가운 한숨을 토했다.

노무자들은 조별로 막사로 돌아가기 시작했다. 넉 줄로 선 행군 대열이었고, 십장들이 구령을 붙였다. 완전히 군대식이었다.

배필룡은 9조 중간쯤에서 사위어 가는 보랏빛 노을을 바라보며 걷고 있었다.

'금예, 맘 변허지 않았제? 맘 변허면 안 돼야. 여기서는 편지를 못 쓰게 혀. 비행장 만드는 것이 군사기밀이라는 것이여. 쬐깨만 참어. 인제 한 달허고 스무나흘밖에 안 남었응게.'

배필룡은 보랏빛 노을에 어린 아내 얼굴을 보며 또 간곡하게 말하고 있었다. 아내만 생각하면 미칠 것 같았다. 보고 싶어 미칠 것 같았고, 아내의 마음이 변할 것 같아 미칠 것 같았다. 당장 도망이라도 가고 싶었지만 이곳은 바다로 둘러싸인 섬이었다.

막사로 돌아온 그들은 식기를 가지고 앞다투어 식당으로 갔다.

"꾹꾹 눌러서 퍼, 꾹꾹!"

"어허, 밥알 세우지 말어!"

사람들은 끼니때마다 하는 소리를 또 외쳐 댔다. 하지만 조선 여자는 끄떡도 하지 않고 주걱으로 밥을 털어 대며 딱 한 번씩 퍼 주면 그만이었다. 아무리 소리쳐 봐야 소용없다는 것을 잘 알면서도 사람들은 끼니때마다 그렇게 소리를 질렀다. 그만큼 배가 고프기 때문이었다. 그렇다고 밥이 공짜도 아니었다. 끼니마다 내는 배식표는 하루에 45전씩 계산되어 월급에서 공제하고 있었다.

그들의 한 달 임금 18원에서 밥값으로 한 달 평균 13원 50전씩 제했다. 그러고 나면 고작 4원 50전이 남았다. 그러나 그 돈이나마 모을 수 있는 사람은 단 하나도 없었다. 배급으로 나오는 담배와 술값을 내고, 1년에 한 번 지급되는 작업복 값을 내고 나면 1년 내내 일해 봐야 다들 빈털터리 신세였다.

"아이고, 하루가 또 갔다. 그려, 흐르지 않는 물 없고, 가지 않는 세월 없는 법이다."

나이 마흔이 넘은 김 씨가 담배에 불을 붙이며 배필룡을 보고 말했다.

"여기 첨 떨어졌을 적에는 참말로 기가 막히등마 날이 가기는 많이 갔구만이라."

배필룡은 식기에 붙은 수수알 하나를 손가락으로 집어 입에 넣으며 빙긋이 웃었다.

"아저씨, 그나저나 돌림병 소문 들었능게라?"

하달호의 목소리가 낮아졌다.

"아니, 무슨 돌림병인디?"

김 씨의 얼굴이 긴장되었고, 배필룡도 하달호 옆으로 다가앉았다.

"무슨 병인지는 모르겄는디 열이 나고 설사를 허면서 기운을 못 쓴당마요."

하달호는 소학교까지 나와 일본말을 곧잘 했고, 이런저런 소식을 잘 물어 왔다.

"고것 참, 병세를 보면 이질은 아닐 것이고, 호열자 아닐랑가?"

김 씨가 나이 든 사람답게 신중하게 병명을 짚었다.

"호열자면 무서운 병 아닌게라?"

배필룡이 더 긴장하며 마른침을 삼켰다.

"하면, 무섭제. 되게 퍼지면 온 동네가 다 떼죽음을 당허기도 헝게."

"요것 참, 집에 갈 날 코앞에 두고 재수 더럽게 되았네. 인제 여름잉게 돌림병이 제 세상 만난 것 아니겄소?"

하달호는 완연히 당황해 있었다.

"그럼 어째야 되제라?"

배필룡이 두려워하는 얼굴로 물었다.

"찬물 먹지 말고, 남들허고 많이 대허지 말고 그러라는 것인디……."

"헹! 우리야 다 틀려 부렀소. 식당 년들이 뜨거운 물 끓여 줄리 없고, 100명이 한 막사에서 궁굴어 대니 병 걸리기 딱 좋구만이라."

하달호가 성질을 냈다.

"아니여. 요놈들이 우릴 부려 먹자면 돌림병을 막을 무슨 수를 쓸 것이여."

배필룡의 말이었다.

"자네 말이 맞구만. 너무 겁먹지 말어."

김 씨가 일어났다.

"참, 다 된 잔치에 코 빠치더라고 별것이 다 지랄이네."

하달호가 투덜거리며 따라 일어섰다.

배필룡은 그때의 끔찍스런 기억이 생생하게 되살아났다. 이곳에 와서 1년이 조금 지난 때의 일이었다. 잠을 자다가 보초가 깨워서 눈을 떴다.

"긴급 호출이오. 빨리 본부 앞으로 가 보시오."

보초는 네 사람을 깨웠고 그들은 서둘러 본부 앞으로 갔다. 다른 막사에서도 자다가 불려 나온 사람들이 많았다.

"40명, 다 모였으면 20명씩 2개조로 정렬하라."

장교가 명령했다. 사병 다섯은 총을 들고 서 있었다.

"1조, 연장을 가지고 출발하라."

장교의 명령에 따라 1조는 삽과 괭이를 가지고 사병 셋을 따라 출발했다.

달빛 속에 밤의 적막은 깊었다. 한참을 걸어 산을 넘었다.

"정지!"

20명은 우뚝 멈춰 섰다.

"여기서 석 자 깊이로 땅을 판다. 2조가 도착하기 전까지 못 파면 단체 기합이다."

군인이 명령했다.

"깊이는 그만하면 됐고, 바닥을 골라라."

흙더미 위에 올라선 군인이 지시했다.

땀을 흠뻑 흘린 그들은 삽과 괭이를 놓고 풀섶에 주저앉았다.

'도대체 저기다 뭘 파묻으려는 것일까?'

배필룡은 불길한 생각과 함께 그 구덩이를 바라보고 있었다.

얼마쯤 지나 2조가 나타났다.

"1조, 열 명씩 좌우로 정렬!"

그들은 명령에 따라 일어서면서 소스라치게 놀랐다. 두 명씩 들고 있는 들것에는 시체가 놓여 있었다. 다음 순간 그들은 더 소스라쳤다. 얼핏 보기에 시체였지 들것에는 분명 산 사람들이 누워 있었다.

들것 열 개가 구덩이 앞에 나란히 섰다.

"됐다, 처넣어!"

장교가 명령했다.

들것이 일제히 뒤집어지면서 사람들이 구덩이 속으로 나뒹굴고 처박혔다.

"아이고, 살리 주이소!"

"살려 줘요, 살려 줘!"

중병 환자와 중상자들의 외침이 뒤엉키고 있었다.

"흙 빨리 덮어라, 흙!"

장교가 다시 명령했고, 사병들이 개머리판으로 1조 대원들을 후려치기 시작했다.

구덩이 속의 환자들은 소리치며 버둥거리고 몸부림쳤다. 1조 대원들은 구덩이 양쪽에서 삽과 괭이로 흙을 퍼 넣기 시작했다.

흙이 구덩이를 수북하게 덮었다.

"위로 올라가서 다져라! 모두 힘껏 밟아!"

장교가 또다시 명령했다.

그들 40명은 수북한 흙더미 위로 올라가 제자리 뛰기를 했다. 배필룡은 뱃속이 뒤틀리는 구역질을 참아 내느라 이를 앙다물고 눈을 질끈 감은 채 뛰고 있었다.

구덩이를 수북하게 덮은 흙이 다져져 평평하게 되었다.

"수고했다. 이 일은 절대 비밀이다. 만약 소문이 나면 그때는 너희들 전원을 총살한다."

장교는 명단이 적힌 종이를 흔들어 보였다.

며칠 동안 비위가 상해 밥맛을 잃었고, 한동안 밤마다 그 꿈에 시달리면서도 배필룡은 그 일을 가슴 깊이 묻어 두었다. 그 뒤로도 의무실로 실려 가는 중상자와 중병7 환자가 생겨났다. 그들 가운데 몸이 나아서 돌아오는 사람은 거의 없었다. 사람들은 말이 없었지만 그들이 생매장당했다는 것을 알고 있었다.

그런데 돌림병이 퍼지고 있다니 큰일이었다. 돌림병에 걸린 사람들은 보나 마나 생매장당할 게 뻔했다.

돌림병이 퍼지고 있다는 하달호의 말은 사실이었다. 이틀이 지나 본부에서 노무자 전원을 집합시켰다.

"며칠 전부터 호열자 환자가 생겨나고 있다. 이 병에 걸리면 누구나 죽는다. 살아서 집에 돌아가고 싶으면 다음 주의 사항을 철저히 지켜라. 첫째, 식당에서 끓여 주는 물만 마셔라. 둘째, 서로 가까이서 말하지 말라. 셋째, 손을 깨끗이 씻어라. 다시 말한다. 이 병에 걸리면 누구나 죽는다."

본부 대장의 지시였다.

사람들은 며칠이 지나서야 '이 병에 걸리면 누구나 죽는다'는 대장의 말뜻을 알게 되었다. 환자들은 의무실로 옮겨지는 그날 밤으로 생매장당하고 있었다.

노무자들은 대장이 말한 주의 사항을 잘 지키려고 혈안이었다.

그 예방책이 효과가 있었는지 보름쯤 지나면서 호열자 환자는 거의 생겨나지 않았다. 그러나 그동안 죽어간 사람이 40여 명이 었다. 병을 피한 사람들은 죽은 사람 생각은 제쳐 두고 한 달 열 흘 앞으로 다가온 고향 갈 날만을 기다렸다.

"보다시피 비행장 공사는 얼마 남지 않았다. 공사가 끝나면 계약기간을 무시하고 바로 집으로 보내 주겠다. 집에 하루라도 빨리 가고 싶으면 열심히 일해라."

대장의 말이었다.

"와아아─."

"야아아─."

노무자들은 다 같이 환성을 질렀다. 그것은 그들이 2년 만에 처음 지르는 환성이었다.

역시 자발적인 열성은 효과가 컸다. 공사장마다 일이 빠르게 진척되어 활주로 공사와 격납고 공사가 완전히 끝났다. 이제 활주로와 격납고를 잇는 짧은 길을 내는 일만 남았다. 아무리 굼벵이 걸음으로 한다 해도 사흘이면 뒤집어쓸 일이었다. 계약 기간이 아직 20일이나 남아 있으니 보름 이상 일찍 집에 갈 수 있게 되었다.

그들은 일을 하면서도 곧 춤이라도 출 것처럼 기분이 달떠 있었다.

땡땡땡, 땡땡땡, 땡땡땡······.

레일 토막이 갑자기 세 번씩 연달아 울렸다. 공습 신호였다.

노무자들은 하던 일을 팽개치고 두 패로 갈라져 막사 쪽으로 뛰더니 잠시 후 모습을 완전히 감추었다. 그들은 막사로 들어간 게 아니었다. 양쪽 막사 뒤에 있는 산줄기에 방공호가 있었던 것이다. 그 방공호는 각각 500명씩 대피할 수 있었다.

노무자들은 한 시간 넘게 방공호에 갇혀 있다가 나왔다.

"이거 재수 없이 왜 비행기가 뜨고 이래."

"미국 코쟁이들 때문에 집에 가는 것 늦어지겠는디."

"누가 아이라. 짜식들이 누구 화 지르나."

노무자들은 투덜거리며 하늘을 올려다보았다. 하지만 푸른 하늘에는 비행기가 지나간 흔적이 보이지 않았다. 어떤 때는 B29가 남기고 간 하얀 비행운이 하늘 높이 떠 있기도 했던 것이다.

이틀이 지나 길 공사가 다 끝나 가고 있었다.

땡땡땡, 땡땡땡, 땡땡땡······.

또 공습 신호였다.

"코쟁이들 비행기가 이렇게 자꾸 뜨면 배가 못 떠나는 거 아닌가?"

"두말허면 잔소리 아니여?"

"잘난 척들 말어. 폭격을 피해 배가 불 다 끄고 밤에만 다닌다는 말 못 들었어?"

"그렇다 쳐도 닷새 걸릴 것 열흘 걸리는 것 아니겠어?"

"코쟁이들 때문에 쎄빠지게 벌어 놓은 날을 다 까먹겠구먼."

노무자들은 어두운 방공호 안에서 왁자지껄 떠들고 있었다.

그때 방공호 밖에는 군인들이 열댓 명씩 양쪽으로 늘어서 있었다.

"준비, 투척!"

장교의 명령이 떨어지자 방공호 입구를 막고 있던 위장 문이 치워지며 군인들이 방공호 속으로 수류탄을 던졌다. 그와 동시에 기관총을 발사하기 시작했다.

쾅! 쾅! 쾅!

방공호 속에서 수류탄이 연달아 터지고, 기관총탄이 쉴 새 없이 날아갔다.

기관총은 계속 발사되고, 수류탄을 던진 군인들은 부지런히 돌덩이를 옮겨 왔다. 방공

호 입구에서 무엇인가가 꾸역꾸역 흘러나오기 시작했다. 시뻘건 피였다.

기관총은 30분 넘게 난사되었다. 시간이 갈수록 피가 도랑물처럼 흘러나왔다.

기관총 난사가 끝나자 군인들은 재빨리 돌덩이를 방공호 입구에 쌓아올렸다. 다른 군인들 한 패가 돌이 한 겹씩 쌓일 때마다 반죽된 시멘트를 퍼다 부었다.

그곳에 징용으로 끌려온 1천여 명은 결국 하나도 살아남지 못했다. 지시마 열도의 여러 섬에서는 그런 식으로 이미 4천여 명이 죽어 갔다.

43

하늘이여 하늘이여

탄광촌에서는 바다가 바라보였다. 온통 석탄가루를 뒤집어쓴 탄광촌과 맑고 푸른 바다는 대조적이었다. 해맑은 바다 때문에 탄광촌은 더 칙칙하고 지저분해 보였다.

사할린 서쪽 해안을 따라 이어진 산줄기인 서사할린 산맥에서는 석탄이 많이 났다. 그곳의 대표적인 광산이 이곳 삭조르스크였다. '삭조르'는 러시아말로 '광부'라는 뜻이었다. 그러니까 삭조르스크는 '광부 도시'가 되는 셈이었다.

서사할린 산맥을 따라 해안에 자리 잡은 우글레고르스크·일린스크·홀름스크·네벨스크 등은 모두 '탄광 도시'이면서 '항구도시'였다. 삭조르스크를 비롯한 그 도시의 탄광은 모두 무력을 앞세운 일본의 대기업 미쓰비시나 미쓰이가 장악하고 있었고, 탄광에서 캐낸 무진장한 석탄은 가까운 항구에서 손쉽게 배로 실어 갔다.

"이봐 김 씨, 몇 번이나 말해야 알아듣겠어? 이러지 말고 말들어."

십장 주가는 김장섭을 달래듯 말했다. 주가는 김장섭 일행을 조선에서 사할린까지 인솔해 와 그대로 십장 노릇을 해 왔다.

"딴말 필요 없고 인제 집에 보내 달라 그것이오. 2년 계약 기간 지난 지가 벌써 보름이오, 보름."

김장섭은 팔짱을 끼고 뻣뻣하게 버티고 앉아 냉정하게 내쳤다.

"글쎄, 누가 안 보내 주려는 거야? 전쟁이 심해져 데려다줄 배가 없다니까."

주가가 눈꼬리를 세우며 짜증을 부렸다.

"하! 새 사람들 실어 올 배는 있고 기한 찬 사람들 실어 갈 배는 없다? 고것을 말이라고 허고 앉었소, 시방?"

김장섭이 콧방귀를 날렸다.

"어허, 그 배들은 조선으로 안 가고 군수물자 싣고 딴 데로 간다니까 그래."

"누가 조선 땅에다 데려다 달라고 그러요? 일본 아무 데나 내려 주면 그다음부터야 내가 알아서 찾아가겠다 그 말이랑게라."

김장섭은 털끝만큼도 기죽지 않고 십장한테 맞대거리했다.

"알았어. 너 같은 놈은 더 이상 좋은 말로 할 필요가 없어. 잘됐어, 시범조로 쓴맛을 보여 줘야 딴놈들도 꼼짝을 못하지. 이 새끼, 썩 나가!"

주가는 벌떡 일어서며 김장섭의 정강이를 걷어찼다.

"아이고메, 약조를 혔으면 약조를 지켜야제 잘못도 없는 사람을 어째서 패요, 패기를."

정강이를 거머잡고 볼멘소리를 하는 김장섭은 한풀 기가 꺾였다.

"뭐, 잘못한 게 없어? 넌 이 새끼야, 선동죄야, 선동죄! 선동죄로 경비대에 끌려가면 어떻게 되는지 알아? 저 바다에 처넣어 고기밥 만드는 거야. 같은 조선 사람이라 인정상 마지막으로 한 번만 더 묻겠다. 어떡할 거야? 조용히 일할 거야, 또 까불 거야?"

김장섭의 기가 꺾인 것을 알고 주가는 잔인하게 벼랑으로 몰았다.

김장섭은 이를 앙다물었다. 아내와 자식들의 모습이 어른거렸다.

"……별수 없제라."

김장섭은 한숨과 함께 이 말 한마디를 남기고 돌아섰다.

"……!"

주가는 문을 밀고 나가는 김장섭의 뻣뻣한 뒷덜미를 노려보고 있었다.

"김 샌, 어찌 되았소?"

"말이 먹히등게라?"

옷을 빨아 널고 있던 열댓 명이 김장섭을 맞으며 물었다.

"뒈질 놈이 나를 선동죄로 경비대에 넘기었다네."

김장섭이 가래침을 내뱉었다.

"왜놈들 등에 업고 우리 피 빠는 것도 모자라 경비대에 넘겨? 똥통에 구데기만도 못헌 놈!"

"그럼 또 언제까지 이놈의 탄가루 마시면서 죽살이쳐야 된단 게라?"

"아이고, 나도 모르겠네. 이놈의 전쟁이 언제 끝날지."

김장섭이 한숨을 쉬며 돌 위에 주저앉았고, 다른 사람들도 심란한 얼굴로 쪼그려 앉았다.

"다들 맘 강단지게 먹드라고. 전쟁이야 누가 이기든 끝장이 날 것이고, 우리는 기어코 살아서 처자식헌티 가야 헝게."

김장섭이 담배꽁초를 내던지며 불끈 일어섰다.

오늘은 일요일이었다. 노무자들은 일요일에도 2교대로 일해야 했다. 그들은 여섯 시간의 오전 채탄을 하고 나와 옷을 빨았고, 그사이에 김장섭이 십장을 만나러 갔던 것이다.

땡땡땡땡······.

레일 토막 두들기는 소리가 울렸다. 아침 6시, 기상을 알리는 종소리인 셈이었다.

김장섭은 더디게 눈을 떴다. 어제하고는 달리 몸이 찌뿌드드했다. 마음에는 구름이 가득 끼고 기분은 암담하기만 했다. 2년 전 처음으로 갱에 들어갈 때보다 더 막막하고 기가 막혔다. 그래도 그때는 2년만 채우면 돌아갈 수 있다는 희망이 있었다. 그런데 지금은 돌아갈 날이 언제일지조차 알 수 없었다.

그들은 대충 세수를 하고 식당으로 몰려갔다. 그들의 손에는 밥그릇 국그릇 말고도 그릇이 또 하나 들려 있었다. 도시락이었다.

식당에서 일하는 사람들은 모두 조선 여자들이었다. 어디서나 궂은일은 다 조선 사람들 차지였다.

"밥 좀 많이씩 퍼요!"

"야, 밥에 바람 넣지 말어!"

끼니때마다 터져 나오는 외침이 또 어김없이 터지고 있었다.

그들은 밥그릇과 도시락에 밥을 받았다. 도시락 구석에는 단무지가 한 쪽씩 놓였다. 도시락은 탄광 안으로 가지고 갈 점심이었다.

땡땡, 땡땡, 땡땡……

7시 30분에 울리는 첫소리. 입광 준비를 알리는 소리였다. 노무자들은 조별로 광구 앞에 늘어섰다. 십장들이 재빠르게 자기 조원들을 조사해 나갔다. 십장들의 검사가 끝나자 노무자들은 광구로 들어가기 시작했다. 채탄 작업이 정각 8시부터라 미리 들어가 준비해야 했다. 오후 8시까지 12시간 동안 한 사람의 책임량은 밀차 일곱 대였다. 그러나 노동시간이 한 시간쯤 넘는 것은 예사였다. 왜냐하면 조원 전체의 책임량이 채워질 때까지 작업을 계속해야 했기 때문이다.

며칠이 지나 김장섭네 막사 사람들이 일을 마치고 나오니 새 노무사 14명이 와 있었다. 그 가운데 두 명이 김장섭네 조에 보충되었다. 그런데 그 누구도 '신참'들을 달가워하지 않았다. 일이 서툴러 책임량만 늘기 때문이었다. 다른 사람들이 그렇듯 김장섭도 그들에게 별 관심을 두지 않았다. 집에 돌아가는 게 좌절되면서 그는 살맛을 잃고 있었다.

그런데 다음 날 보니 유난히 눈에 띄는 사람이 하나 있었다. 보통 키에 마른 편인 그 사람은 얼굴이 하얀 데다 손까지 고왔다. 한 서른 살쯤 되어 보였다.

사람들은 그 남자가 농사일이나 노동을 해 본 적이 없다는 것을 금방 알아보았다.

"보시오, 댁은 우리하고는 많이 다른데 무슨 일을 하다가 끌려 오셨소?"

한 사람이 그냥 지나치지 못하고 물었다.

"예……, 저는 심기헌이라고, 천주교 대전 성당의 신부였습니다.

그런데 이번 8월 들어 총독부에서 대전, 평양 등 각지의 성당을 군대용으로 강제 접수하고 신부와 신학생들을 노무자나 군인으로 끌어가기 시작했습니다. 그래서 저도 이곳에 오게 되었습니다. 여러분과 고락을 함께하게 된 것을 기쁘게 생각하며, 주님의 은총이 항상 여러분과 함께하기를 빕니다."

그는 담담하게 말하며 성호를 그었다.

사람들은 모두 놀랐다. 신부까지 징용으로 끌어오다니……, 믿을 수 없는 일이었다.

"아니……, 시, 신부님, 어째서 총독부에서 그런 짓을 합니까?"

어떤 사람이 더듬거리며 물었다.

"아시는 분도 계시겠지만 우리 천주교에서는 신사참배를 거부한 성당이 많습니다. 그리고 창씨개명을 하지 않은 신부와 신학생도 많습니다. 그러니 총독부에서 좋아할 까닭이 있겠습니까?"

심기헌 신부는 잔잔하게 웃으며 사람들을 둘러보았다. 그는 신부복을 입지 않았을 뿐 신부로서의 품위와 의연함을 내보이고 있었다.

"아이고, 참 큰일이구만요. 지독시리 배고프고 일도 징허게 힘드는디요."

누군가가 끌끌끌 혀를 찼다.

"예, 고맙습니다. 그러나 너무 걱정 마십시오. 예수 그리스도께서는 십자가에 못 박혀 돌아가셨습니다. 그 고통에 비하면 이 일은 그리 어렵지 않을 것입니다. 그리고 저는 형제 여러분과 함께 있지 않습니까? 여러분께 짐이 되지 않도록 열심히 하겠습니다."

심기헌은 웃음이 감도는 얼굴로 사람들을 둘러보며 성직자다운 여유와 겸손으로 말했다.

심기헌 신부는 사람들의 관심 속에 열심히 일했다. 그의 하얀 얼굴도 석탄가루가 범벅이 되었고, 씻어도 다 빠지지 않는 미세한 가루는 날이 갈수록 석탄 때로 절어 그의 얼굴도 거무튀튀하게 변해 갔다. 그런데도 그는 여전히 웃음을 잃지 않았고, 배고프다는 말은 물론이고 힘들다는 말도 입에 올리지 않았다.

"신부님이 다르기는 다르구만."

"그러게. 무슨 신통력이 있는가?"

"다 수양으로 참고 이기는 것이제. 우리도 다 배워야 혀."

사람들은 이렇듯 존경의 뜻을 품게 되었다.

심기헌 신부는 스스로도 기도 같은 것을 하지 않았을 뿐만 아니라 다른 사람들에게도 일체 종교 행위를 하지 않았다. 그는 종교 행위 금지를 경고 받았던 것이다.

한 달쯤 지나자 심기헌 신부는 다른 사람들과 구별이 되지 않았다. 얼굴은 석탄 때에 절고 절어 거칠어졌고, 손톱 밑에는 석탄가루가 새까맣게 끼었다. 그러나 그 볼품없고 초췌해진 얼굴에는 여전히 온화한 웃음이 감돌았고, 이윽히 바라보는 맑고 깊은 눈은 사람들을 쓰다듬고 어루만지는 것 같았다.

어느 날 아침 광구 앞에 줄을 선 김장섭네 막사 사람들은 눈앞이 캄캄해졌다.

"두 놈 어디 갔어, 두 놈!"

4조 십장이 막대기로 허공을 후려치며 악을 썼다.

사람들은 그때서야 새로 온 두 명이 없어졌다는 것을 알아챘다.

"이 새끼들아, 어디 갔는지 빨리 대!"

"이봐, 빨리 경비대에 알려!"

십장 다섯은 미친 듯이 날뛰기 시작했다. 한 막사에서 누구 하나라도 없어지면 나머지 사람들을 공범 취급했다.

"야 이 새끼들아, 빨리 대!"

노무자를 20명씩 거느린 십장들이 저마다 자기 조원들을 막대기로 후려치기 시작했고, 그러는 사이에 다른 노무자들은 탄광으로 들어갔다.

'기왕 도망갔으니 잡히지나 말그라……'

어깻죽지를 얻어맞은 김장섭은 어금니를 꾹 물었다.

"이 새끼들, 이따 저녁때 보자. 1조부터 출발!"

남아 있던 김장섭네 막사 노무자 100명, 아니 98명은 무거운 걸음으로 탄광의 검은 아가리 속으로 들어갔다.

하루 종일 우울한 기분으로 일을 한 그들은 저녁을 먹고 나서 매타작을 당했다.

김장섭은 힐끔힐끔 심기헌 신부를 보고는 했다. 그는 묵묵히 매타작을 참아 내고 있었다.

그들은 취침 시간까지 꼬박 두 시간을 시달렸다. 십장들이 그러는 것은 책임 추궁만이 아니었다. 화풀이 겸 더는 딴 맘 먹지 못하게 하는 겁주기였다.

"참 더럽다. 저것들도 조선 놈이라고."

"왜놈들이 저러면 서럽지나 않제."

"어디 두고 보자. 나라만 되찾으면 내 손으로 저런 놈 다섯은 꼭 껍데기를 벗길 테니."

그들은 잠자리에 들며 이를 갈았다.

도망친 두 명은 결국 이틀 만에 잡혀 왔다. 그들은 막사 한가운데 있는 양쪽 기둥에 묶였다. 십장들은 손에 몽둥이며 가죽 혁대를 들고 있었고, 노무자들은 침상에 줄지어 앉아 있었다.

"이 새끼들, 여기가 어디라고 도망을 가!"

다섯 명의 십장은 두 노무자를 두들겨 패기 시작했다. 빙빙 돌듯이 하며 매질을 해 대는 그들의 솜씨는 이골이 나 있었다.

그들이 네 바퀴를 돌았을 때 두 노무자는 비명도 지르지 못하고 늘어졌다.

"좋아, 지금부터 돌림빵이다!"

십장 하나가 소리쳤고, 두 노무자는 기둥에서 풀렸다.

"전원, 일어섯! 일보 앞으로!"

십장의 구령에 따라 노무자들은 모두 일어나 침상 끝 쪽에 섰다. 그리고 두 노무자는 십장들에게 끌려가 양쪽 침상 통로에 섰다.

"지금부터 저놈들 때문에 너희가 기합 받은 것을 갚아 줘라. 뺨을 사정없이 힘껏 갈겨라. 양쪽에서 동시에 실시한다. 실시!"

십장의 명령이 떨어졌다.

양쪽 침상의 첫 번째 노무자 둘이 자기네 앞에 서 있는 잡혀 온 두 노무자의 뺨을 때렸다. 그런데 그 소리는 찰싹, 찰싹일 뿐이었다.

"정지! 그렇게밖에 못하겠나? 시범을 보여 주겠다. 두 놈, 침상 끝으로!"

십장이 침상 끝으로 한 걸음 나서는 첫 번째 노무자의 따귀를 후려쳤다. 그 소리가 철퍽 했다. 그리고 반대쪽으로 돌아섰다. 또 철퍽 소리가 났다.

"이렇게 하란 말야! 다시 실시!"

십장이 몽둥이로 바닥을 치며 명령했다.

첫 번째 노무자 둘이 다시 따귀를 갈겼다. 이번에 난 소리는 철퍽, 철썩에 가까웠다.

"좋아, 다음!"

잡혀온 두 노무자는 그런 식으로 따귀를 맞아야 했다.

"좋아, 다음!"

"멈추시오. 이게 도대체 무슨 짓이오! 저 두 사람은 당신네들한
테 맞은 것으로 충분하오. 왜 우리한테까지 구타를 강요하는 거
요. 당장 중지하시오."

심기헌 신부가 십장들 앞으로 거침없이 다가들며 외쳤다.

"이 새끼, 건방지게!"

십장 하나가 몽둥이로 심기헌 신부의 어깨를 내리쳤다.

"이 새끼 이거 재미있는 놈이네. 중지 안 하면 네놈이 어쩔 테
냐?"

다른 십장이 삿대질을 하며 심기헌 신부 앞으로 다가들었다.

"차라리 내가 대신 맞겠소."

심기헌 신부가 터뜨린 말이었다.

"하! 신부님이라 과연 다르시군. 아주 재미있게 됐어. 그래, 원
하는 대로 해 주지!"

십장이 심기헌 신부의 멱살을 잡아끌었다.

"좋아, 두 놈 것 합하면 100대야, 100대! 어디 꼴 좀 보자. 하하
하……."

다른 십장들이 웃어 댔다.

"다들 똑똑히 들어라. 이놈이 대신 맞겠다고 나섰으니 너희들은 시범에 걸리지 않게 힘껏 쳐야 한다. 알겠나? 실시!"

십장이 소리치며 몽둥이로 바닥을 내리쳤다.

철퍽.

"좋아, 다음."

철퍽.

"됐어, 다음."

찰싹.

'아이고메 신부님, 신부님, 어찌 사서 그 꼴을 당허시는게라.'

심기헌 신부는 오른쪽 볼을 50번 맞았다. 그의 볼은 검붉게 부어오르고 있었다. 이제 왼쪽 볼에 도망자 둘을 빼고 48번을 맞아야 했다.

"이제부터 반대쪽이다. 실시!"

철퍽.

"좋아, 다음!"

아홉 명을 남겨 놓고 코에서 피가 터졌다.

그는 나머지를 다 맞고 나서야 허리에서 수건을 빼 코를 막았다. 양쪽 볼이 부어오르고 있었다.

"이놈들 셋은 규칙대로 독감방에 감금한다. 이놈은 우리 규칙을 방해한 죄다."

십장이 심기헌 신부를 가리키며 말했다.

도망하다 잡히면 그런 식으로 구타를 당한 다음 '독감방'에 간혔다. 독감방이란 1인용 감방이었다. 사람 하나가 겨우 들어가 앉을 크기의 독감방은 바닥은 땅이고, 사방 벽과 천장은 양철로 되어 있었다. 독감방에 갇히면 밥은커녕 물 한 방울 주지 않았다. 그리고 풀려날 때까지 이틀이고 사흘이고 문을 열어 주지 않기 때문에 일어설 수 없도록 천장이 낮은 그 속에 앉아 대소변을 처리해야 했다. 여름이면 양철이 햇볕에 달구어져 그 속은 완전히 불화로가 되었고, 영하 30도까지 내려가는 겨울이면 그 속은 완전히 얼음덩이가 되어 버렸다. 독감방은 감방이 아니라 고문틀이었다.

도망자 두 사람은 독감방에 갇힌 지 꼬박 하루 만에 풀려났다. 그들은 거의 죽은 것이나 다름없는 꼴이 되어 있었다. 날씨가 더워 몸이 더 상한 것이었다. 사람들은 두 사람에게 물을 먹이고 물수건으로 몸을 닦아 냈다. 그런데 심기헌 신부는 풀어 주지 않았다. 사람들은 애만 태웠다.

심기헌 신부는 사흘 만에 풀려났다. 그는 휘청거리고 비틀거리며 몇 걸음을 옮겨 놓았다. 그러더니 얼굴을 땅에 박으며 곤두박여 버렸다.

"이 새끼 일어나!"

십장 하나가 그의 다리를 걷어챘다. 아무 반응이 없었다.

"이거 좀 이상하잖아?"

다른 십장이 쪼그리고 앉으며 심기헌 신부를 들여다보았다.

"이거 간 모양인데?"

"뭐? 차라리 잘됐어. 그런 골치 아픈 새낀 차라리 없는 게 나아."

"그럴까? 그럼 어쩌지?"

"어쩌긴. 소모 처리하면 그만이지. 사람이야 얼마든지 보충되어 오니까."

'소모'란 죽은 사람을 뜻하는 그들의 용어였다.

"제 놈이 잘난 척해 봐야 별수 있나."

"몇 놈 불러서 시체 치우게 해."

"알았어."

44

거짓말의 현장

"바쿠온(폭음)! 바쿠온!"

어둠 속에서 느닷없이 터져 나온 외침이었다.

"빨리 피해라!"

"방공호는 왼쪽이다, 왼쪽!"

분대장들의 외침이 뒤엉키면서 건물 안은 금방 수라장이 되었다.

'빌어먹을, 폭탄이나 팍 떨어져 버려라!'

박용화는 오기를 부리며 그대로 누워 있었다. 그러나 그건 오기만이 아니었다. 정말 폭탄이 떨어져 이대로 세상이 끝장나 버렸으면 좋겠다는 생각도 마음 한구석에 도사리고 있었다.

"다케다, 이 새끼 죽고 싶어!"

분대장이 소리치며 박용화를 걷어찼다.

'그래, 죽고 싶다. 팍 죽고 싶어.'

박용화는 분대장에게 쫓겨 계단을 뛰어 내려가며 속으로 외쳤다. 버마에 오면서부터 그런 생각은 부쩍 심해졌다.

하늘이 깨지는 것처럼 요란한 폭음이 울렸다. 어둠 저편에서 붉고 푸른 불꽃들이 부챗살 모양으로 뻗쳐 오르고 있었다.

방공호는 군인들로 가득 차 있었다. 조금 전의 소란은 간 곳이 없고 방공호 안은 조용하기만 했다. 겁에 질린 침묵이었다.

씨에에엥, 쓰에에엥, 씨에에엥……

갑자기 귀청을 찢을 듯 날카로운 소리가 울렸다.

쾅! 콰당! 꽝! 꽝!

잇따라 폭음이 울렸다. 땅이 뒤흔들리고, 천장에서 흙이 우수수 떨어져 내렸다.

"으흐흐……."

"어으윽……."

폭탄이 터질 때마다 겁에 짓눌린 소리가 흘러나오고, 모두 부들부들 떨었다. 박용화는 손가락으로 두 귀를 꼭 막고 눈을 질끈 감고 있었다.

'아아, 무적의 황군……, 새빨간 거짓말이야. 일본은 형편없이

지고 있어. 어떻게 이럴 수가 있는가…….'

박용화는 배신감과 절망감을 동시에 느끼고 있었다.

얼마쯤 지나 폭음이 사라졌다. 까마득한 시간이 흐른 듯한 착각 속에서 병사들은 방공호를 벗어났다.

"버마가 지옥은 지옥이다."

어둠 속에서 누군가가 말했다.

'버마가 지옥'이라는 말은 학병들이 조선을 떠나기 전에 벌써 퍼져 있었다. 학병이 파견되는 곳은 크게 세 방향이었다. 남방, 중국, 일본. 그러나 일본은 하늘의 별 따기였고, 주로 남방과 중국이었다. 워낙 넓은 남방의 전선 중에서도 버마는 가장 나빠 '지옥'으로 꼽혔다. 또한 그 때문에 학병이 가장 많이 투입된 곳이기도 했다.

"저게 영국군이야 미국군이야?"

"알 게 뭐야. 그놈들이 연합을 했으니."

"계속 이렇게 당해야만 하나?"

"비행기가 없으니 별수 없지."

"왜 비행기가 없어. 우리도 있는데."

"모자라서 여기까지 배치가 안 됐으면 없는 거지."

병사들이 모여 앉아 수군거렸다. 그들은 버마에서 당한 첫 야간폭격으로 완전히 기가 질려 버렸다.

"빨리 취침하라. 내일 출발이다."

분대장들이 이 방, 저 방에서 외쳤다.

병사들은 긴장과 공포로 기진맥진한 몸을 마룻바닥에 눕혔다. 박용화는 잠이 오지 않았다.

일본이 이 지경이 되다니……, 믿을 수 없었다. 달포 전 부산을 떠날 때만 해도 신문과 방송은 무적의 황군이 도처에서 연전연승을 거두고 있다고 떠들어 대지 않았던가? 그러나 그게 거짓말이라는 것은 배로 동지나해와 남지나해를 지나면서 차츰차츰 확실하게 드러났고, 보르네오해를 통과하면서는 누구나 죽음의 공포에 떨어야 했다. 일본군은 제공권과 해상권을 적에게 완전히 빼앗긴 상태였고 이미 전쟁에 지고 있었다. 이 깨달음은 너무 큰 충격이었다. 그리고 그 충격은 그만큼의 배신감으로 바뀌었다. 또다시 소학교 선생을 걷어치운 것이 발등을 찍고 싶은 후회로 사무쳤다. 판검사가 되고자 했던 꿈은 늑대사단 보병 168연대 학병 이등병으로 낙착된 것이었다. 그런데 바다를 벗어나고 보니 상황은 한층 더 참담했다. 적기의 습격 때문에 기차로 하루면 갈 거리가 사흘, 나흘이 걸렸다. 일본군은 적군의 공군력에 바다에서나 육지에서나 철저하게 제압당해 기동력을 거의 잃고 있었다. 전쟁은 전혀 승산이 없었다. 이 지옥에서 어떻게 해야 살아날 수 있을까……. 박용화는 극성스럽게 달라붙는 모기를 쫓으며 뒤척거리고 있었다.

아침에 일어나자마자 신병들은 병참부로 식사를 타러 갔다.

"생각보다 전황이 훨씬 나쁜데 어떻게 생각하시오?"

박용화는 걸어가며 원재빈에게 물었다.

"당연한 거 아니오."

얼굴 생김만큼이나 원재빈의 대꾸는 무뚝뚝했다.

"무슨 소리요?"

"목탄차 굴리고, 고철에 놋그릇을 쓸어 가다 못해 다리 쇠 난간까지 뜯어 가는 걸 보면서도 이런 꼴일지 몰랐소?"

박용화는 말문이 막혔다. 원재빈은 벌써부터 이런 패배적 전황을 알고 있었다는 투였다.

서양사를 전공했다는 그는 창씨개명을 하지 않았고, 말수가 적은 데다 어딘가 거만해 보였다. 충청도가 고향인 그는 사회주의 물도 약간 든 것 같았다.

어두워질 무렵 부대는 페구로 가는 열차를 탔다. 랑군에서 동북쪽 산악 지대에 있는 페구는 군사 요충지이며 늑대사단의 본부가 자리 잡을 곳이었다. 페구까지 가는 사이에 놓인 철교들은 폭격을 당해 보수를 거듭하는 바람에 아주 약해져 있었다. 많은 사람과 무거운 화물을 싣고는 기차가 건널 수 없었다. 군인들은 기차에서 군수품을 내려 배를 타고 강을 건너야 했다. 그리고 다시 짐을 기차에 싣고 떠났다. 날마다 무더위와 모기에 시달리면서 그런 일을 되풀이하다 보니 군인들은 전쟁터에 나가기도 전에 벌써 체력이 바닥나 버렸다. 말라리아에 걸리는 병사들도 자꾸 늘어났다.

페구에 도착하자 병사들에게 위안의 시간이 주어졌다. 여자를 상대하게 하는 그 일을 일본군 지휘부는 사기를 높이는 한 방법으로 써먹고 있었다.

위안소는 열대지방의 무성한 숲 속에 자리 잡고 있어서 적기가 찾아낼 수 없게 되어 있었다. 병사들이 그늘 아래로 줄지어 모여들었다.

원재빈은 땅만 내려다보고 있었다. 조선 처녀들이 위안부로 와 있다는 것을 처음 안 것은 모울메인에서였다. 직접 보지는 못하고 그곳을 다녀온 고참병들의 이야기를 스쳐 들으며 충격을 받았다. 위안소가 있다는 것도 충격이었고, 20여 명이 다 조선 처녀라는 것은 더 큰 충격이었다.

한편, 위안소 안은 분주하게 돌아가고 있었다.

"신입 이동 부대다. 빨리 준비해, 빨리!"

조선 남자가 아침밥을 먹고 있는 아가씨들을 몰아댔다.

"어째 갈수록 신입에다 이동에다 까마구 떼 천지여. 참말로 못 살겠네."

젓가락을 던지며 복실이가 자리를 차고 일어났다.

"이것들아, 이번 신입병들 중에는 조선 청년들도 있어."

"아이고메, 조선 청년들?"

"어쩐 일이다요?"

아가씨들 모두 눈이 휘둥그레졌다. 그 얼굴에 반가움이 드러났다.

"그래, 학병들이 섞여 있다."

조선 남자가 불퉁스레 대답했다.

"학병이 뭣인디요?"

"대학교, 전문학교 학생들이 군대에 온 거야. 빨리 나가, 빨리!"

조선 남자는 두 팔을 휘저으며 다시 아가씨들을 몰아댔다.

아가씨들은 숟가락이며 젓가락들을 놓고 식당을 나갔다. 아가씨들이 말한 '까마귀 떼'란 이동 병력을 말하는 것이었다. 이동 병력은 그 수도 많을 뿐만 아니라 사납고 거칠었다.

방문이 열리며 군인이 쑥 들어섰다. 일본군 병장이었다. 복실이는 눈을 질끈 감았다. 두 번째 군인이 들어섰다. 상등병에, 역시 일본 사람이었다. 복실이는 저도 모르게 사람 수를 세고 있었다. 전에 없던 일이었다. 조선 사람을 기다리다 보니 그렇게 된 것이었다.

'내가 왜 조선 사람을 기다리지? 이 꼴을 보이는 게 얼마나 창

피스러운 일이라고.'

그러나 만나고 싶은 마음은 떼칠 수 없었다. 집을 떠나온 이후 위안소에 갇혀 지내면서 조선 사람이라고는 만난 적이 없었다. 그가 누구든 만나면 반갑고 눈물이 날 것 같았다.

"복실아, 여기 너희 고향 오빠 오셨다. 이 오빠 고향이 목포시래."

옆방 처녀의 말에 복실이는 귀가 번쩍 뜨였다.

곧 그 군인이 방으로 들어섰다.

"안녕허신게라우. 지는 김제구만이라우."

복실이는 남자의 얼굴을 힐끔 보며 고개를 숙였다. 옆 방 처녀는 전라남도든 북도든 가리지 않고 전라도를 그냥 한 고향으로 친 것이었다. 복실이는 진안에서 끌려왔으면서도 아버지의 고향을 댔다.

'아, 저 말씨…….'

박용화는 아가씨의 말을 듣는 순간 가슴이 뭉클했다. 그 말씨는 그대로 어머니의 말씨였던 것이다.

"어떻게 이런 데까지 왔소?"

박용화는 심한 충격을 받고 있었다. 방에 들어서기 전까지만 해도 위안소에 있는 조선 여자들이 유곽에서 온 그렇고 그런 여자들일 거라고 생각했다. 그런데 막상 대하고 보니 아직 스물도 안 된 앳된 처녀들이었다.

"속아서……, 속아서……."

고개를 떨군 복실이는 목이 메었다.

"속다니, 무슨 좋은 데 취직시켜 준다고 했소?"

복실이는 고개를 끄덕이며 손등으로 눈을 훔쳤다.

"못된 놈들……, 그럼 집에서는 이런 걸 모르고 있을 것 아니오?"

박용화는 가슴 저리는 아픔과 함께 분노를 느꼈다.

복실이는 더 크게 고개를 끄덕이며 흑 울음을 터뜨렸다.

"참, 아가씨들 신세나 우리 학병들 신세나 다 똑같소. 이따위 사람 못 살 땅으로 끌려다니고 있으니. 나 담배나 한 대 피우고 가겠소."

박용화는 담배를 꺼내며 옆방의 처녀가 왜 그렇게 반갑게 '오빠'라고 불렀는지 알 것 같았다.

"저……, 지가 맘에 안 드시면……."

복실이는 눈물 그렁그렁한 눈으로 박용화를 바라보았다.

"아니오, 그게 아니오. 내가 어찌 왜놈들하고 똑같이 못된 짓을 할 수 있겠소."

박용화는 이 말을 하면서 처음으로 피라는 것을 느꼈다.

복실이는 그 말만이라도 너무 고마웠다.

"그만 가 봐야겠소."

박용화가 일어섰다.

"언제 떠나시능게라……."

복실이도 따라 일어섰다.

"잘 모르겠소."

"……."

박용화를 바라보는 복실이의 눈이 글썽거렸다.

박용화는 그 눈물 어린 눈이 애처롭게 곱다고 생각하며 복도로 나섰다.

'부디 무사허시게라…….'

복실이는 그 남자와 다른 학병들이 무사하기를 속으로 빌었다.

45

걸어서 반만 리

전동걸은 3개월의 군사훈련을 마쳤다. 조선 의용군의 기본 군사훈련은 혹독하리만큼 강도가 높았다. 먹을 것도 지니지 않고 완전무장을 한 채 태항산록 그 끝없는 골짜기와 봉우리를 타 넘는 훈련이었다. 뱀이고 개구리고 승냥이고 까마귀고 닥치는 대로 잡아먹어야 했다. 산열매도 따 먹었지만 감·호두·대추는 절대로 따 먹지 않았다. 그 과실들은 태항산록을 따라 마을을 이루고 사는 사람들의 것, 곧 '인민의 것'이기 때문이었다.

'인민을 돕되 인민의 것은 지푸라기 하나도 손대서는 안 된다.' 이는 중국공산당 군대인 팔로군(제8로군)의 절대적 강령이었다. 일본군을 물리치기 위해 팔로군과 합작 투쟁을 벌이고 있는 조선 의용군도 당연히 그 강령을 따라야 했다.

팔로군에게는 적이 둘이었다. 하나는 일본군이고, 다른 하나는 국민당군이었다. 일본군을 무찌르기 위한 국민당군과의 국공합작은 작년부터 깨지기 시작했다. 팔로군 세력이 자꾸 커지자 위협을 느낀 장개석은 일본군이 태항산을 집중 공격하도록 유도했다. 그리고 자기 군대까지 동원해서 협공을 시도했다. 그런 상황에서 팔로군이 믿고 의지할 대상은 인민들밖에 없었다.

조선 의용군 본부는 태항산록 속의 오지산 기슭에 자리 잡고 있었다. 그곳 군정 학교로 되돌아온 신병들은 마침내 살았다는 듯 환호성을 질렀다.

"신병 동무 여러분, 그 어려운 유격 훈련을 한 사람의 낙오도 없이 당당하게 끝내 준 것에 대해 격려와 고마움을 표합니다. 지금부터는 휴식입니다. 맘껏 먹고 맘껏 쉬십시오."

교관이 손을 흔들며 웃었다.

와아아—.

신병 20여 명은 다 같이 함성을 지르며 해산했다.

"여보게 동걸이, 나 좀 보세."

사혁회 회장 최우한이 급히 걸어가는 전동걸에게 소리쳤다.

"여태까지 신물 나게 봤는데 뭘 또 봐."

전동걸이 고개만 돌리고 말했다.

"어딜 가는데? 그 꼴로 임 보러 가나?"

"그래."

"갔다가 빨리 오게."

"알겠네."

최우한은 숙소로 걸음을 옮기며 마음이 무거워졌다. 지요코까지 네 사람만 태항산에 들어왔을 뿐, 나머지 회원들은 어떻게 되었는지 알 수가 없었다. 훈련을 받는 동안 다른 회원들이 도착하지 않았다면 더 이상 오지 못하는 게 분명했다. 아무 일 없는데 이토록 늦어질 리 없었다.

"지요코!"

전동걸은 선전부로 뛰어들며 외쳤다.

"어머, 동걸 씨!"

지요코가 화들짝 놀라며 전동걸에게 뛰어갔다.

둘이는 서로 얼싸안았다.

"아, 보기 좋습니다."

"연극의 한 장면 같은데요."

사람들이 웃으며 한마디씩 했다.

"아이, 그러면 부끄러워 오래 못 안잖아요."

지요코가 전동걸의 품에서 벗어나며 사람들에게 눈을 흘겼다.

"부끄럽긴요. 여긴 생존의 자유를 보장하는 동시에 사랑의 자유도 보장하는 해방구니까 하고 싶은 대로 하세요."

"예 고맙습니다. 이 정도면 흡족합니다."

전동걸이 능글능글 웃으며 받아넘겼다.

"훈련이 힘들었지요?"

선전부장이 물었다.

"아닙니다, 아주 재미있었습니다. 이제 비로소 군인이 된 것 같은 기분입니다."

전동걸의 진지한 대답이었다.

"호, 참 대단하시군요. 유격전 훈련을 받고도 끄떡없으니……."

선전부장은 전동걸을 새삼스러운 눈길로 바라보며 고개를 주억거렸다.

"아닙니다. 교관님과 고참병들이 꿋꿋하시니까 저희 신병들이야 꼼짝 못하고 참아 낸 거지요."

전동걸은 환하게 웃었다. 훈련이 얼마나 힘들었는지는 검게 그을고 바싹 마른 그의 얼굴에 그대로 드러났다.

"부장 동무, 혹시 그동안 저희 회원들은 더 오지 않았습니까?"

전동걸이 이야기를 바꾸었다.

"더 없었소."

"그것 참……."

전동걸의 얼굴에 어둠이 스치고 지나갔다.

"전 그만 실례하겠습니다."

전동걸이 몸을 일으켰다.

"지요코 동무도 함께 가시오. 일과도 거의 끝났는데."

선전부장이 지요코에게 눈짓했다.

"네, 고맙습니다."

지요코가 인사하며 발딱 일어섰다.

"어떻소, 선전부 일이?"

밖으로 나온 전동걸이 지요코를 바라보며 물었다.

"괜찮아요. 일이 새롭고 보람도 있어요."

지요코는 밝은 웃음으로 마음에 든다는 뜻을 더 강하게 나타냈다.

"잘됐소. 이제 총 쏠 생각 말고 그 일을 열심히 하시오."

지요코도 팔로군 규정에 따라 제식훈련과 사격 훈련은 남자들과 똑같이 받았다. 팔로군에는 남녀 차별이 전혀 없었다. 기본 훈련을 받고 나서 지요코는 선전부 보직을 받았다. 하지만 자꾸 전투 요원이 되겠다고 나섰다. 조직에서는 체력이 모자라다는 이유로 그 요구를 받아들이지 않았다. 그 명백한 이유 앞에서 지요코는 어쩔 수 없이 선전부로 갔다.

최우한은 말끔하게 목욕을 하고 숙소에 편안하게 누워 있었다.

"최 동무, 고생 많으셨지요?"

숙소로 들어선 지요코가 최우한과 악수를 했다.

"말도 말아요. 지옥에서 살아 돌아왔소."

최우한은 고개를 내두르고는 "연인과 해후한 기분이 어떻소? 저 친구, 아까 날 떼 놓고 정신없이 도망가던데."라며 짓궂게 웃었다.

"아주 달고 고소해요. 이따 만나요."

지요코는 생긋 웃으며 돌아서 나갔다.

"역시 사람 속은 모른다니까. 지요코가 자네한테 저렇게 반할 줄 어찌 알았겠나."

최우한이 도로 벌렁 드러누웠다.

"말 말게, 괴로우이."

전동걸은 자기도 모르게 이렇게 대꾸하고는 깜짝 놀랐다. 가슴 양쪽에 자리 잡고 있는 이미화와 지요코 때문에 흘러나온 말이었다.

전동걸은 또 그날 밤을 생각했다. 어떻게 피할 수가 없었다. 조사는 심하고, 부부 행세는 해야 하고…….

사혁회 회원은 모두 평양의 대동상회에서 접선하도록 되어 있었다. 대동상회는 잡화상이라서 접선하기에 안성맞춤이었다. 손님으로 들어가 물건을 고르며 접선하고, 몇 가지 물건을 사 가지고 나오면 그처럼 자연스러운 위장이 없었다.

"천진의 일우(日友) 상회를 찾아가시오. 암호는 '대동강 나룻배'요."

대동상회에서 들은 말이었다.

평양에 머물 때까지만 해도 두 사람은 그저 연인으로 위장했다. 경의선을 타고 신의주에 이를 때까지도 역시 그랬다.

"동걸 씨는 아무 말도 하지 말아요. 제가 다 알아서 할 테니까요."

국경을 넘기 전에 검문이 시작되자 지요코가 한 말이었다.

"봉천, 용무가 뭐요?"

지요코가 한꺼번에 내민 기차표 두 장을 보며 이동경찰이 물었다.

"봉천에 가는 게 아니라 서주에 주둔하고 있는 동생 면회 가는 거예요."

"아! 동생이 서주에서 보국 충성하고 있군요. 당연히 면회 가셔야지요."

이동경찰의 태도는 금방 달라졌다.

"그런데, 저분은 조선 사람…… 같은데요."

이동경찰의 날카로운 눈이 전동걸에게 멈추었다.

"네, 제 남편인데 안 되나요? 총독 각하께서 주창하는 내선일체 혼인론을 실행한 건데요."

지요코는 기분 나쁘다는 듯 이동경찰을 꼬나보았다.

"아, 아닙니다. 아주 잘 어울리십니다. 먼 길 편히 가십시오."

이동경찰은 황급히 기차표를 돌려주고 다음 좌석으로 가 버렸다.

안동역에서도 봉천역에서도 지요코는 그런 식으로 거뜬히 검문을 비껴갔다.

그런데 북경행 기차를 타려면 하룻밤을 묵어야 했다.

"어쩌지요? 여관에서 불심검문을 당하면."

"부부라면서 방을 따로 쓰면 의심받지 않겠소?"

전동걸은, 에라 모르겠다, 하는 심정으로 말했고 두 사람은 한 방으로 들어갔다. 위험을 피할 가장 안전한 방법은 부부가 되는 것이었다.

북경에서 두 사람은 일우상회가 있는 천진행 기차로 갈아탔다. 일우상회는 일본을 벗으로 생각한다는 간판부터가 철저한 위장용이었다. 일우상회의 주인은 평안도 사람이었다.

그 사람이 정해 준 숙소에서 이틀을 보내고 북경으로 돌아와 은거지에서 며칠을 머물렀다. 태항산으로 갈 사람들을 모으는 것이었다. 거기서 들으니 조선 의용군은 세력을 강화하기 위해 2년 전부터 비밀 조직을 가동하고 있다고 했다.

드디어 거기 모인 다섯 사람이 안내원을 따라 길을 나섰다. 지요코는 다른 사람들에게 큰 관심거리였다. 일본 여자가 조선 의용군을 찾아간다니 그럴 만도 했다. 지요코는 조선말을 빨리 익히려고 애썼다.

태항산까지는 직선거리로 3천 리였다. 그런데 일본군을 피해 이리저리 돌다 보면 얼마나 멀어질지 몰랐다. 더구나 처음부터 끝까지 걸어가야 했다.

곧 겨울이 시작되었다. 아무리 춥고 눈이 많이 오는 날도 길을 멈추지는 않았다. 단 삼사십 리를 걷더라도 장소를 옮겨야 안전했다.

'황'이라고 성만 밝힌 젊은 안내원은 공산주의 이론에 밝았고, 특히 세계정세에 통달하고 있었다. 밤이면 그에게 중국의 복잡한 상황부터 세계정세에 이르기까지 여러 이야기를 들었다. 그건 그냥 들려주는 이야기가 아니라 조선 의용군 예비교육이기도 했다.

겨울이 가고 봄이 오도록 걷기는 끝나지 않았다. 그새 지요코는 농담을 써먹을 만큼 조선말에 숙달되어 있었다.

봄이 짙어지면서 대지가 초록색으로 뒤덮이고 온갖 꽃들이 낭자하게 피어났다.

"저기 저 산이 바로 태항산입니다."

어느 날 마침내 안내원이 팔을 뻗으며 손가락질했다. 아슴하게 먼 저쪽에 긴 산줄기가 누워 있었다.

"와아아!"

그들은 모두 어린애들처럼 환성을 질렀다.

어느새 여섯 달이 다 되어 가고 있었다. 햇볕에 그을린 그들의 얼굴은 거칠어져 있었다. 그러나 지쳐 보이기는커녕 오히려 강인해 보였다.

태항산으로 접어들었다. 그러나 그곳이라고 안전하지는 않았다. 산마을을 따라 일본군의 망루가 배치되어 있었던 것이다.

마을을 지나고, 골짜기를 올라 산등성이를 넘고, 다시 나타나는 마을을 멀리 바라보며 또 산등성이를 넘으며 산은 자꾸 깊어졌다.

서산에 해가 뉘엿뉘엿 지기 시작하고 그들은 한동안 비탈길을 올라채서 고갯마루에 이르렀다.

"수고들 하셨습니다. 마침내 다 왔습니다."

안내원이 아래를 가리켰다.

"와아!"

그들은 탄성을 질렀다. 눈앞에 확 트인 조망은 아주 딴 세상이었다. 태항산록 우람한 봉우리들 속에 드넓은 분지가 아늑하게 깃들여 있었다.

감나무 호두나무가 여기저기 소담한 숲을 이루고 있는 사이로 하얀 모래밭이 뱀 모양새로 길게 드리워 있고, 그 가운데로 냇물

이 흐르고 있었다. 그 강을 끼고 띄엄띄엄 자리 잡은 마을 주위
로는 곡식밭이 초록빛 비단을 펼쳐 놓은 듯 곱고 싱그러웠다. 그

아름다운 전원 풍경 속에 조선 의용군 본부며 팔로군 군구사령
부가 있다는 게 믿어지지 않았다.

그들은 누가 먼저랄 것 없이 비탈을 뛰어 내려가기 시작했다. 반만 리를 걸어온 그들의 다리에는 새로 힘이 솟고 있었다.

전동걸은 그때의 회상에서 벗어나며 어머니를 떠올렸다.

"하면, 학병으로 끌려갈라면 독립군이 돼야겠제. 내가 인제 허는 말인디……, 니 아부님도 독립군이셨니라……."

어머니의 담담한 말이었다.

"예? 그, 그럼 산소는 어딨나요?"

"독립군이 산소가 어디 있어? 만주 땅 어디서 돌아가신 것이제."

그리고 어머니는 더 말을 하지 않았다.

남편의 산소도 모른 채 서러움을 삭이고 살아온 강인함 때문이었을까? 어머니는 자신을 떠나보내면서도 눈물을 보이지 않았다.

이틀을 쉰 다음 전동걸은 출동 명령을 받았다. 군복을 벗고 사복을 입으라고 했다. 휴대한 무기는 권총과 단검이었다. 동행은 고참병 한 명이었다.

코가 뭉툭하면서 강인한 인상인 고참병은 처음부터 빠르게 걷더니 말 한마디 없이 줄기차게 걷기만 했다. 서너 시간을 쉼 없이 걸으니 전동걸은 다리가 뻣뻣하게 굳는 것만 같았다. 고참병은 어두워져서야 어느 초라한 마을로 들어섰다. 여자 노인네 혼자 사는 집에서 저녁밥을 얻어먹고 자러 들어간 곳은 헛간이었다.

"일찍 잡시다. 내일 아침 일찍 떠나야 하니까."

고참병은 벌렁 드러누웠고 전동걸도 눕자마자 곯아떨어졌다.

이튿날 전동걸은 고참병이 깨워서야 눈을 떴다. 미처 어둠이 걷히지 않은 꼭두새벽이었다.

"물이나 한잔 마시고 떠납시다. 아침은 가다가 먹고."

고참병이 따끈한 차를 내밀었다. 먼저 일어나 차를 끓인 것이었다. 물이 나빠 의용군들도 중국 사람들처럼 잎차를 늘 지니고 다녔다.

"아이고, 죄송합니다. 제가 먼저 일어났어야 하는데."

전동걸은 미안하고 면목이 없었다.

"신경 쓰지 마시오. 팔로군이나 우리나 계급이 없는 군대요. 할 수 있는 사람이 먼저 하면 되는 거요."

고참병이 웃었다.

계급 없이 부서와 직책만 있는 군대, 그러면서도 목숨을 거는 명령이 통하고, 세력이 날로 커지고 있는 군대. 그것이 조선 의용군이고 팔로군이었다.

고참병은 어둠을 헤치며 걷기 시작했다. 온종일 걷고 어제처럼 어두워져서야 숙소를 정했다. 전동걸은 오히려 다리가 풀려 어제보다 걷기가 나아진 느낌이었다.

다음 날 점심은 어느 산골짜기에서 미리 준비한 빵을 먹었다.

"읽어 보시오."

고참병이 접힌 종이를 불쑥 내밀었다.

전동걸은 종이를 펼쳤다.

조선 동포 및 조선 학병에게 고함.

조선 청년들은 조선 의용군에 동참하라. 현재 일본군에는 조선 학생들이 강제로 끌려와 있다. 그들이 탈출하면 동포들은 그들을 보호하고, 조선 의용군으로 안내하라. 학병 여러분은 하루빨리 일본군을 탈출하여 조선 의용군으로 오라.

한글로 된 삐라의 내용이었다.

"학병 두 사람이 일본군 점령 지역 안에 지금 은신해 있소."

"학병이요?"

"석 달 전부터 이 삐라를 뿌린 효과일 거요."

전동걸은 가슴이 벌떡거렸다. 학병들이 탈출하고 있구나…….
그 생각만으로도 가슴 뜨거워졌다.

어두워지기 시작할 무렵 두 사람은 산을 넘었다. 산 아래쪽이 일본군 점령 지역이었다. 산을 내려가 일본군의 망루를 몇 개나 피해 가며 점령 지역 안으로 깊이 들어갔다. 배꼽까지 차는 강도 두 번 건넜다. 자정이 가까워질 무렵 어느 산굽이에 있는 마을에

148

도착했다.

　어떤 청년이 뒷산으로 앞장섰다. 바위들 사이를 비집고 들어가
자 토굴이 나타났다. ㄱ자로 꺾인 토굴 안에서 인기척이 들렸다.
청년이 성냥을 켰다. 일본군복을 입은 청년 둘이 있었다. 고참병
과 전동걸은 그들을 와락 끌어안았다.

46

음모, 음모

9월로 접어들면서 성큼 높아진 하늘가로 새하얀 뭉게구름이 탐스럽게 뭉클뭉클 피어오르고 있었다.

"저기 정읍댁 온다!"

"어찌 저리 걸음이 천 근이다냐?"

여자들이 구장을 만나고 오는 정읍댁에게 우르르 몰려갔다.

"고것이 무슨 법이랴?"

"여자들 끌어간다는 것이 참말이여?"

여자들은 정읍댁을 둘러싸며 다투어 물었다.

"만으로 열두 살부터 마흔 살까지 남편 없는 여자들을 끌어간 다는 법이드만."

정읍댁의 힘없는 대꾸였다.

"그럼 큰애기고 과부고 임자 없는 여자들은 다 잡아가겠다는 것이여?"

"구장 말로는 일본 공장으로 보낸다둥마."

"참말로 탈 났네. 우리 집은 딸이 셋이여."

"아무나 사위 삼을 수도 없는 일이고, 참말로 큰 탈 나 부렀네."

여자들은 어깨를 늘어뜨리며 한숨을 토해 냈다.

연희네는 자기 집안에 해가 미치지 않게 된 것을 천만다행으로 여기며 슬금슬금 자리를 떴다. 그러나 남편 걱정으로 가슴은 타들고 있었다. 어디에 있는지 편지라도 한 장 오면 좋으련만 감감무소식이었다. 편지를 못 하게 하는 게 틀림없었다.

여자들이 그렇듯 신경 쓰는 새 법은 여자 정신대 근무령이었다. 총독부에서는 1944년 8월 23일 그 법을 공포했다. 군대 위안부를 더 적극적으로 끌어가려는 속셈이었다.

그 법 때문에 딸 가진 집에서는 혼인을 빨리 시키려고 소동이 벌어졌다. 그 소동과 함께 도처에서 총독부를 비난하는 소리가 노골적으로 드러났다.

읍장 하시모토는 민심의 동요가 심각하다는 것을 파악하고 있었다. 총독부에서는 20만 명에서 30만 명의 정신대를 동원할 모양인데 읍장으로서 고민이 아닐 수 없었다. 그러던 차에 도청의

연락을 받았다.

여자 정신대 문제로 민심의 동요가 심각함. 가급적 도회지와 중류층 이상은 피하면서 비밀리에 요령껏 실시하여 민심의 동요를 막을 것.

하시모토는 도청의 기동력에 감탄하고, 또 그 해결책에 감탄했다.

가급적 도회지와 중류층 이상은 피하면서……. 그건 바로 자신이 빠져나갈 구멍을 뚫어 준 것이었다. 김제읍은 곡창지대이면서 군산과 전주를 잇는 중간 지점의 도회지였다. 자신은 자연스럽게 정신대 동원 의무에서 빠져나갈 수 있게 되어 있었다.

하시모토는 께름칙하던 기분이 활짝 밝아져 간부 회의를 소집했다.

"내일부터 구장, 반장을 총동원하여 앞으로 정신대 문제에 대해 악담을 하면 바로 그 집 딸을 징용한다는 점을 강력히 알리게 하시오. 알아듣겠소?"

하시모토는 위압적으로 명령을 내리며 간부들을 휘 둘러보았다.

"예, 지시대로 하겠습니다."

간부들은 다시 일제히 머리를 조아렸다.

일본이 '군용 위안소'를 운영하기 시작한 것은 만주를 침략한 직후인 1931년이었다. 그때는 유곽에서 몸을 팔던 여자들을 모아 데려갔다. 그런데 매춘부가 아닌 일반 처녀들 100여 명으로 일본군이 '육군 위안소'를 개설한 것은 중일전쟁이 터진 다음 해인 1938년이었다. 이때부터 일본군은 일본의 낭인 패거리들과 조선의 친일파 매춘업자들을 동원해 '돈벌이 좋은 공장에 취직시켜 준다', '여점원을 하면 돈도 벌고 공부도 할 수 있다', '간호부는 사람 대접받고 돈도 많이 벌고, 의사하고 결혼도 할 수 있다' 이런 거짓말을 꾸며서 처녀들을 군용 위안부로 끌어갔다. 그러다가 1941년 7월, 조선총독부와 일본군은 직접 나서서 1만여 명의 처녀들을 종군 위안부로 끌어가기 위한 '여자 사냥'을 시작했다. 이때부터 경찰과 형사들이 처녀들 납치에 앞장섰다. 낭인들과 매춘업자들의 사기극과 경찰의 납치극이 동시에 벌어지는 가운데 일본 육군성과 해군성은 진주만 기습 직후인 1941년 12월 말에 태평양전쟁의 전선 전역에 걸쳐 '기지 위안소' 개설을 명령했다. 그리고 일본군은 조선 여자들을 '물품 대장'에 올려놓고 각 부대에 '물품'으로 '배급'했다.

총독부에서는 근로정신대로 위장된 종군 위안부들을 손쉽게 끌어가기 위해 친일파 지식인들과 문인들을 동원했다. 그들은 순회강연을 하고 잡지에 글을 써서 총독부가 조선 여성들을 종군 위안부나 근로정신대로 끌어가는 데 큰 몫을 했다.

시인 주요한은 1941년 《국민문학》 11월호에 「댕기」라는 시를 발표했다.

나라의 부름받고 가실 때에는
빨간 댕기를 드리겠어요
몸에 지니고 싸우시면
총알이 날아와도 맞지 않아요.

북쪽에서 돌아오는 기러기는
갈대 밑에 재우겠어요
꿈에 돌아오시는 당신은
원앙침에 주무시게 하겠어요.

아무르의 얼음도 여름에는 녹겠지요
녹았어도 소식이 없는 여름일랑
까만 댕기에 하이얀 간호복 입고
저도 나라 위해 있는 힘 다 바치겠어요

서강 저녁놀의 타는 듯한 붉은 핏빛은

장렬하게 싸우다 산화하신 당신의 피
무언의 개선, 마을 역 앞에서
하이얀 댕기 드리우고 만세를 외치겠어요

시인 노천명은 1942년 3월 4일자 《매일신보》에 「부인근로대」라
는 시를 발표했다.

부인근로대 작업장으로
군복을 지으려 나온 여인들
머리엔 흰 수건 아미 숙이고
바쁘게 나르는 흰 손길은 나비인가

총알에 맞아 뚫어진 자리
손으로 만지며 기우려 하니
탄환을 맞던 광경 머리에 떠올라
뜨거운 눈물이 피잉 도네

한 땀 두 땀 무운을 빌며
바늘을 옮기는 양 든든도 하다
일본의 명예를 걸고 나간 이여

훌륭히 싸워주 공을 세워주

나라를 생각하는 누나와 어머니의 아름다운 정성은
오늘도 산만한 군복 위에 꽃으로 피었네

시인 모윤숙은 친일 시뿐만 아니라 '조선임전보국단'이란 친일
단체가 주최한 강연회에서 '우리들 여성의 머릿속에 대화혼(大和
魂, 일본 정신)이 없고 보면 이 위대한 승리의 역사는 이루어질 수
없는 것'이라며 여성들이 일제의 전시 동원 체제에 적극 협력하라
고 역설했다.

이화여전 교장 김활란은 1942년 《신세대》 12월호의 「징병제와
반도 여성의 각오」라는 글에서 '이제야 기다리고 기다리던 징병
제라는 커다란 감격이 왔다. 반도 여성은 웃음으로 내 아들과 남
편을 전장으로 보내야 한다'며 여성들에게 일제의 전시 동원에
앞장서라고 충동질하고 있었다.

그런데 1944년에 들어서면서 일본군의 전황은 급속도로 나빠
지기 시작했고 병사들의 사기도 떨어졌다. 병사들의 사기를 북돋
기 위해 더 많은 종군 위안부가 필요했고, 총독부에서 법이라는
칼을 휘두르고 나선 것이었다.

김제경찰서에는 날마다 가난에 찌든 사람들이 몇 명씩 끌려와

취조를 당하고 있었다.

"미국 비행기가 날아와 폭격을 할 거라고? 누가 그랬어. 빨리 대!"

형사가 싸리나무 회초리로 상투 튼 오십객의 남자 목을 후려쳤다.

"아고! 아이고메……, 그냥 장터에서 들은 말이랑게라. 그러니 누가 그랬는지 어찌 알겠능게라. 죽을죄를 졌구만이라. 살려 주시게라, 살려 주시게라."

겁에 질린 남자는 손을 싹싹 비비댔다.

"이 새끼 거짓말하는 것 봐. 그런데 왜 그 말을 여기저기 퍼뜨리고 다녀? 누가 시켰지! 그게 누구야? 빨리 대!"

형사는 또 회초리를 사정없이 휘둘렀다.

"아크크크…… 잘못했구만이라우, 잘못했구만이라우."

회초리로 후려칠 때마다 불에 덴 것처럼 몸을 솟구치는 남자는 그저 비느라고 정신이 없었다.

"그따위 불온한 말로 민심을 어지럽히는 너 같은 놈들은 다 사형이야, 사형!"

형사는 남자의 멱살을 잡아끌고 유치장으로 데려갔다.

밤이 되자 다른 형사가 나타났다.

"너 정말 누가 시켜서 그런 말 퍼뜨리고 다닌 게 아냐?"

"하먼이라, 하늘이 내려다보고 있구만요."

남자는 철창을 붙들고 매달렸다.

"그래도 소용없어. 그런 말을 하고 다닌 죄는 그대로 남아 있으니까."

형사의 말은 싸늘했다.

"아이고메, 살려 주시씨요."

"글쎄, 살아날 길이 있기는 있는데……."

"아이고메, 무슨 일이든 시키는 대로 헐 것잉게 살려만 주시씨요."

"그게 정말이야?"

"야아, 야! 살려만 주시씨요."

"그럼 내가 손을 써 줄 테니까 딸을 정신대로 보내겠어?"

"야아, 그러제라."

"그럼 여기다가 지장 눌러 봐."

남자는 형사가 내민 인주를 엄지손가락에 묻혀 종이에 손도장을 눌렀다.

다음 날이면 또 다른 사람이 끌려와 취조를 당했다.

"이봐, 왜 남의 집 물건을 훔쳤지?"

형사가 막대기로 책상을 톡톡 치며 여자를 노려보았다.

"야아, 하도, 하도 배가 고파서……."

옷도 남루하고 얼굴도 마를 대로 마른 여자가 눈물을 글썽거렸다.

"그 상점에서 몇 번이나 도둑질을 했지?"

"아, 아니구만이라. 요번이 첨이구만이라."

"거짓말 마라!"

형사가 막대기로 책상을 내리쳤다. 여자가 화들짝 놀라며 바르르 떨었다.

"그 상점에서는 물건이 자꾸 없어진다는데, 바른대로 대!"

형사가 눈을 치뜨며 버럭 소리를 질렀다.

"아니랑게라. 남편이 징용 나가고 새끼들 먹여 살리느라고 하도 배를 곯다 보니 나도 모르게 그리된 것이구만이라. 참말로 요번이 첨이어라."

부들부들 떠는 여자의 말에 울음이 묻어났다.

"이게 정말 맞아야 정신 차리겠어!"

형사가 막대기로 여자의 어깨를 후려쳤다.

"워메!"

여자의 몸이 들썩했다.

"더 맞기 전에 빨리 대!"

형사가 또 막대기를 치켜들었다.

"아니어라. 나 복장 터져 죽겠소. 딱 첨이랑게라."

손을 싹싹 비비대는 여자의 눈에서 눈물이 뚝뚝 떨어졌다.

"말 안 해도 좋아. 넌 징역살이를 1년은 해야 해. 일어나!"

형사는 여자의 어깨를 잡아챘다.

"아이고메, 살려 주시씨요. 내가 징역살이를 허면 우리 새끼들 다 굶어 죽소. 한번만 살려 주시씨요."

여자는 유치장으로 끌려가며 발버둥쳤다.

"아이고메, 우리 새끼들 다 굶어 죽게 생겼는디 어쩌야 쓸거나."

여자는 유치장에 갇혀 통곡했다.

"여기가 당신네 안방인 줄 알아? 당장 입 닥쳐!"

다른 형사가 나타나서 소리쳤다. 그런데 그 형사는 목소리만 클 뿐 아까의 형사에 비해 썩 부드러운 태도였다. 여자는 그 눈치를 채고 철창에 매달렸다.

"나 좀 살려 주시씨요. 내가 징역살이허면 우리 불쌍헌 새끼들 다 굶어 죽소."

"사정이 딱하기는 한데, 지은 죄가 있으니……, 아주머니가 풀려날 길은 딱 한 가지 있소."

"고것이 뭐다요? 풀려나기만 헌다면 무슨 일이고 다 허겠소."

여자는 철창 사이로 곧 머리를 내밀 것 같은 기세였다.

"정말이오?"

"하먼이라, 하먼이라."

여자는 마른침을 삼키며 고개를 마구 끄덕였다.

"그러니까 말이오, 큰딸을 정신대에 보내고 다른 자식들을 살리도록 하시오."

여자의 얼굴이 문득 굳어졌다.

"우리 큰딸이 열세 살밖에 안 먹었는디라?"

"만으로 열두 살부터니까 딱 맞소."

"그 어린 것을……."

"그게 무슨 소리요. 학교에 다니면 국민학교 6학년인데. 국민학교 6학년들이 당당하게 정신대에 나가는 걸 보지도 못했소?"

여자는 철창을 놓고 주저앉으며 기운 다 빠진 소리로 중얼거렸다.

"별수 없제라. 남은 자식 셋을 살려야 헝게……."

47

패전의 길

파라오의 바닷물은 워낙 맑아서 물속의 검은 바위들이 꿰비치고 헤엄치는 잔 물고기들까지 환히 들여다보였다.

순임이는 조선이 있는 서북쪽 바다를 하염없이 바라보고 있었다. 머리가 어질어질하고, 속이 메슥거리면서 구역질이 솟았다. 606주사 때문이었다. 성병에 걸려 그 독한 606주사를 맞기 시작했다. 606주사는 어찌나 독한지 밥맛이 다 떨어지고, 얼굴빛까지 노랗게 변했다. 위안소 여자들 사이에서는 606을 많이 맞으면 애기보를 상해 영영 아이를 못 낳게 된다는 말이 돌았다.

순임이는 또 죽고 싶다는 생각에 사로잡혔다. 그러나 그 마음을 가로막는 사람이 있었다. 어머니였다.

"돈 많이 벌 욕심 내지 말어. 돈이야 되는대로 벌고 몸 성히 와야 혀……."

문 앞에서 이별한 어머니의 눈물 젖은 얼굴이 어김없이 떠올랐다.

그리고 삼월이가 죽은 뒤로는 죽는 게 무섭기도 했다. 삼월이는 군인들을 상대하지 않으려고 몸부림치다가 얻어맞아 온몸에 멍이 가실 날이 없었다. 맞는 게 하도 딱해 아가씨들이 삼월이를 달래고 타이르기도 해 보았다. 그러던 어느 날 아침, 일어나 보니 삼월이가 보이지 않았다. 해 질 녘에 찾아낸 삼월이는 바닷물에 둥둥 떠 있었다. 뒤늦게 찾아낸 삼월이의 신발은 바위 위에 가지런히 놓여 있었는데, 그 끝이 서북쪽을 향해 있었다.

바다를 하염없이 바라보며 순임이는 〈아리랑〉을 읊조리고 있었다.

"순임아, 니 여기서 뭐하노?"

순임이가 고개를 돌렸다.

"이, 분옥이구나. 어여 와."

순임이는 분옥이를 올려다보며 스산한 웃음을 지었다. 분옥이는 임신한 게 다 드러날 만큼 배가 불렀다.

"또 고향 생각허고 있었드나?"

분옥이는 배를 받치며 거북스럽게 순임이 옆에 앉았다.

"허면 뭐혀. 설거지는 다 혔어?"

순임이는 풀잎을 씹으며 바다 저쪽으로 눈길을 보냈다.

"그래, 어물쩍 해치웠다."

배가 불러 군인들을 상대하지 못하게 되면서 순옥이는 식당에서 일하고 있었다.

"인제 얼마나 남었어?"

순임이가 분옥이의 배에 눈길을 주며 물었다.

"한 달 좀 못 남았제."

"그 애를 낳아서 어쩐다?"

"나도 모르겠다."

분옥이는 괴로운 듯 얼굴을 찌푸렸다.

둘은 하염없이 바다를 바라보며 서너 달 전에 일어난 엄청난 사건을 또 떠올렸다.

파라오에는 그들이 도착하기 전에 이미 조선 노무자 500여 명이 와 있었다. 그런데 파라오에 군인들이 더 오면서 문제가 생겼다. 새로 온 일본군 속에 징병으로 끌려온 조선 청년들이 삼사십 명 있었다. 그들은 곧 노무자들과 한 덩어리가 되어 일본군에 대항하고 나섰다. 그러자 일본군은 다른 섬에 주둔하고 있는 군인들까지 동원해 그들을 공격했다. 그 항전에 가담하지 않은 노무자 몇을 빼고는 전원이 일본군의 집중포화 속에 몰사하고 말았다. 그들이 하나로 뭉쳐 항전에 나선 데에는 그럴 만한 이유가 있었다. 미군은 1944년 6월 15일, 사이판섬 상륙작전을 시작하면서 엄청난 공습을 하고 있었다. 바로 그때 그들이 뭉쳐 일어났던 것이다. 그러나 그들은 미군이 파라오에 상륙할 때까지 버티지 못하고 끝내 태평양 외딴섬의 원혼이 되고 말았다.

"순임아, 우예 됐든 왜놈들이 지기는 지겠제?"

"하면, 사이판섬을 뺏긴 지가 언젠디."

"그라모 우리도 고향 갈 날 얼마 안 남은 거 아이가. 몸 조심하제이."

"그려, 그래야제……."

순임이를 따라 분옥이도 한숨을 쉬었다.

미군의 사이판섬 상륙작전은 7월 10일에 성공했던 것이다.

며칠이 지난 아침나절이었다.

쾅! 콰당쾅쾅! 콰광쾅……!

느닷없는 폭음이 터지기 시작했다.

"에그머니나!"

"아이고메!"

아가씨들이 비명을 질렀다. 연이어 터지는 폭음과 함께 위안소 건물은 곧 무너질 듯 흔들리고 있었다.

"나가자, 여기 있으면 죽어."

"아니야, 곧 끝날 거야. 이런 일 한두 번 당하나."

절반은 위안소를 뛰쳐나갔고, 나머지 절반은 우물쭈물하며 그대로 머물러 있었다.

위안소를 나간 아가씨들이 빈터를 가로질러 숲 속으로 막 들어설 때였다. 새로 터진 폭음과 함께 위안소가 불길에 휩싸였다. 위안소는 폭삭 무너지며 불타고 있었다. 살아서 나오는 사람은 하나도 없었다.

"분옥아……, 분옥아아……."

순임이는 나무를 붙든 채 분옥이를 부르며 부들부들 떨었다.

"폭탄이 이쪽으로도 떨어진다!"

"여기 있으면 안 돼. 산으로 피해!"

그들은 숲 속을 뛰기 시작했다. 순임이도 손등으로 눈을 씩씩 문지르고는 그들을 따라 뛰었다.

폭격은 종일 그치지 않았다. 비행기는 섬 안에 있는 건물이라는 건물에는 다 폭탄을 떨어뜨리고 있었다.

폭격은 밤에도 이어졌고 다음 날, 그다음 날도 그치지 않았다. 사람들은 산으로 밀려들었다. 산에도 폭탄이 떨어지기 시작했다. 찢기고 터진 사람들의 시체가 여기저기 널브러졌다. 사람들은 폭탄을 피해 다니다가 미군이 왜 산을 폭격하는지 알아챘다. 일본군도 산으로 피했기 때문이었다.

폭격은 나흘, 닷새 이어졌다. 그 사이에 순임이네 일행은 열셋에서 여덟으로 줄었다. 다섯이 폭탄에 맞아 죽은 것이었다.

"세상에 무슨 비행기도 그리 많고 무슨 폭탄도 그리 많니?"

"왜놈들 씨를 말릴 작정인갑다."

며칠이 지나 순임이네 일행은 다섯으로 줄었다. 그들은 먹을 게 없어서 도마뱀과 쥐를 잡아먹었다. 사람 꼴이 아니었다.

폭격이 열흘을 넘겼다. 순임이네는 셋으로 줄었다. 골짜기마다 시체 썩는 냄새가 진동했다.

열사흘째 되는 날, 순임이는 폭격을 당했다. 혼자 남은 아가씨가 순임이를 부르며 통곡했다.

보름 만에 폭격이 끝나고 비행기에서 삐라를 뿌렸다. 조선 사람은 손을 들고 나오라고 한글로 씌어 있었다. 연합군은 1944년 9월 15일에 파라오의 한 섬인 페리류에 상륙했다.

48

아이누족의 온정

일이 끝나면 막사 안은 뒤숭숭해졌다. 노무자들은 십장이나 감독 모르게 수군거리며 불안에 떨었다. 도로 공사는 거의 마무리되어 가고 있었다. 도로 공사가 끝나면 어디로 가게 될지 며칠 전부터 여러 말들이 오가고 있었다.

"아무래도 유바리 탄광으로 가게 될 것 같다던데."

"그 생지옥이라는 탄광?"

"비행장 닦으러 간다는 말도 있어."

"그런 말들이 있기도 한데 어떤 게 맞는지 알 수가 있어야지."

"그나저나 어디가 더 나을랑고?"

"그야 석탄가루 안 마시는 것만으로도 비행장이 낫지."

"그럼, 날마다 굴속에 들어가면 해를 한번 제대로 보나, 숨을 한번 제대로 쉬나. 어디 그뿐인가? 굴 무너져 저승객 되는 것은 어쩌고."

"아이고, 처자식들 어찌 사는지 모르겠다. 어째 요새는 꿈도 잘 안 꿔지고."

"그러게 말야. 기한이 넘었으니 목이 빠지게 기다리고 있을 텐데."

"아이고 이놈의 신세, 전쟁이나 어서 끝나야 집으로 가제."

그들의 이야기는 언제나처럼 집 걱정으로 모아지며 한숨이 깊어지고 있었다.

타아햐앙사아리 머엇해던가아…… 손꼽아아 헤에어보니…….

누군가가 노래를 시작했고 곧 목소리들이 보태어졌다.

그들이 유일하게 제지받지 않는 단체 행동이 노래였다. 그래서 작업장에서도 점심때에는 모여 앉아 노래를 불렀다.

아아리라앙 아아리라앙 아아라아리요오…….

노래는 〈아리랑〉으로 바뀌었다.

〈아리랑〉은 진작부터 조선총독부가 부르지 못하게 한 금지곡이었다. 그런데 조선이 아니라 그런지 일본인 감독들은 전혀 신경쓰지 않았다. 어떤 감독은 흥얼흥얼 따라 부르기까지 했다. 일본인 감독들뿐만 아니라 북해도의 원주민인 아이누족도 〈아리랑〉을 부를 줄 알았다. 그동안 조선 노무자들이 이곳저곳의 공사장에서 수없이 〈아리랑〉을 부른 결과였다.

조선 노무자와 아이누족의 접촉은 철저히 금지되었다. 공사장이 아이누의 마을에서 가깝기라도 하면 감독과 십장들의 감시는 더 철저해졌다.

아이누족과 일본인은 사이가 좋지 않았다. 원래 아이누족의 땅인 북해도를 일본 사람들이 빼앗으면서 아이누족은 산간으로 밀려나 천대받으며 살고 있었다. 조선 사람들과 아이누족은 같은 처지였고, 그 때문에 서로 접촉하는 것을 막았던 것이다.

그런데 노무자들끼리도 함부로 입에 올리지 않는 은밀한 사실이 하나 있었다. 아이누족한테 도망가면 살 수 있다는 것이었다. 그러나 노무자들은 쉽게 도주를 감행하지 못했다. 도망자들이 잡혀 와 처형당하는 참혹한 꼴을 보았기 때문이다.

차득보네가 투입된 곳은 도로 공사장이었다. 북해도에서 조선 노무자들이 일하는 곳은 탄광, 비행장, 도로 공사장인데 그중에서 가장 나쁜 곳이 탄광이었다. 차득보는 도로 공사장에 떨어진 것을 그나마 다행으로 여겼다. 그러나 하루에 12시간씩 하는 도로 공사장의 중노동은 보통 힘든 게 아니었다. 낮은 산줄기를 끊어 내거나 산비탈을 깎아 낼 때는 다이너마이트를 터뜨리기 때문에 큰 부상을 입거나 목숨을 잃을 위험도 컸다. 배고픔 때문에 일이 더 고되었다. 그 힘든 중노동을 하면서도 먹는 것이라고는 딱 세끼 밥뿐이었다. 그것도 말이 좋아 세끼지 다 합해 봐야 고봉밥 한 그릇이 될까 말까였다. 그 밥을 먹고 하루에 12시간씩 일을 하자니 누구나 배가 고프고 기운이 달려 헉헉거렸다. 그렇다고 적당히 요령을 피울 수도 없었다. 책임량을 정해 놓은 데다 요령을 피운다 싶으면 십장과 감독이 죽도며 몽둥이를 휘둘렀다. 그리고 그들 뒤에는 연락만 하면 트럭을 타고 득달같이 나타나는 경찰이 있었다. 그러니 탄광만 생지옥이 아니었다.

그 고통을 견디다 못해 마침내 한 사람이 밤중에 도망을 갔다. 남은 사람들은 눈 뒤집힌 십장들에게 몽둥이찜질을 당했다.

경찰은 송아지만 한 개를 앞세워 수색에 나섰고, 그 사람은 이틀 만에 잡히고 말았다. 처형은 공개적으로 이루어졌다.

노무자 500여 명을 공사장에 모아 놓고 그 사람을 끌어왔다. 손을 뒤로 묶인 그 사람은 팬티만 입은 알몸이었다.

"너희들이 여기 도착했을 때 내가 도망가는 놈은 절대로 살려 두지 않는다고 했다. 저놈을 봐라! 저놈이 바로 내 말을 믿지 않은 악질 배반자다. 저런 놈은 시범조로 처벌해야 한다. 그런데 저 놈한테만 죄가 있는 게 아니다. 저놈이 도망갈 수 없도록 철저히 감시하지 않은 너희에게도 죄가 있다. 그러니 너희 손으로 저놈을 처단해서 시범을 삼도록 하겠다. 처단을 실시하라!"

총감독은 일본 사람들이 좋아하는 '시범'이라는 말을 되풀이했다.

"앞줄 일어섯!"

감독 하나가 나서서 외쳤다.

맨 앞줄의 노무자 50명이 일어섰다.

"똑똑히 들어라. 명령에 따라 각각 25명씩 양쪽에 있는 돌을 하나씩 집어 들고 세 걸음 앞에 쳐진 줄에 맞춰 선다. 그리고 저 놈에게 일제히 돌을 던진다. 만약 돌을 던지지 않거나, 엉뚱한 방향으로 던지거나, 힘없이 던지는 놈은 모두 경찰서로 끌어갈 것이다. 자, 지금부터 시작한다. 준비!"

노무자들은 양쪽으로 갈라져 돌무더기에서 돌을 집어 가지고 다시 일렬로 늘어섰다. 노무자들과 그 사람의 거리는 20미터쯤이었다.

"실시!"

노무자들의 손에서 돌이 날아갔다. 돌이 빗발치는 속에서 그 사람은 비명을 지르며 쓰러졌다.

"다음 줄, 일어섯!"

두 번째 줄의 노무자들이 일어서는데 저쪽에서는 십장 두 명이 쓰러진 그 사람을 일으켜 세웠다.

"준비!"

뒤에 앉은 노무자들은 모두 고개를 들지 못했다.

"실시!"

빗발치는 돌과 함께 그 사람은 또 비명을 지르며 쓰러졌다. 온몸에서 피가 흘렀다.

"다음 줄, 일어섯!"

그 사람은 피를 흘리며 푸들푸들 떨고 있었다.

"준비!"

차득보는, 나도 사람인가, 우리가 사람인가, 하는 생각으로 입술을 깨문 채 떨고 있었다.

"실시!"

더 이상 비명은 들리지 않았고 그 사람은 더 견디지 못하고 곤두박였다.

"안 되겠습니다. 정신을 잃었습니다."

십장 하나가 소리쳤다.

"그만하면 됐다. 매달아라."

총감독이 명령했다.

"좌측 25명, 빨리 삽과 곡괭이를 가져와!"

감독이 서 있는 노무자들에게 명령했다. 노무자들은 그 사람을 파묻으려고 한다고 생각했다.

"우측 25명, 십장들 앞으로, 뛰어갓!"

노무자 25명은 땅을 팠고, 나머지 25명은 십장들이 시키는 대로 공사장의 각목을 가져다가 십자가를 만들었다. 그리고 기절한 그 사람을 십자가에 묶었다.

곧 십자가가 세워졌다. 십자가에 매달린 그 사람은 정신을 잃은 채 온몸이 피투성이가 되어 있었다.

"이것으로 공개 처형을 마친다. 저놈에게 절대 손대지 마라. 손대는 놈은 저놈과 똑같은 방법으로 처형할 것이다. 지금까지 소요시간 40분, 오늘 작업을 40분 연장한다. 이상!"

총감독의 말이었다.

노무자들은 각기 십장을 따라 공사장으로 흩어졌다.

차득보는 아까부터 몇 번이고 공허 스님을 생각했다. 이런 때 공허 스님은 어찌했을까? 그러나 어떻게 했을지 알 수 없었다.

일을 끝내고 막사로 돌아온 사람들은 약속이라도 한 듯 그 일을 입에 올리지 않았다. 그렇다고 딴 이야기를 나누지도 않았다. 모두 일찍 잠자리에 누웠다. 그렇다고 잠이 든 것도 아니었다.

이튿날 작업장에 나간 사람들은 소스라치게 놀랐다. 그 사람의 몸뚱이가 보이지 않을 정도로 까마귀들이 새까맣게 달라붙어 있었던 것이다.

일을 마치고 돌아가던 그들은 아침보다 더 기겁을 했다. 그 많던 까마귀들은 어디론가 날아가고 없는데 그 사람의 시체에는 사람의 형체가 거의 남아 있지 않았다.

하루 만에 그렇게 참혹한 꼴이 되어 버린 것을 목격한 노무자들은 저녁밥을 먹지 못했다.

다음 날 노무자 50명은 점심시간에 뽑혀 나가 그 사람을 땅에 묻었다. 총감독은 봉분을 만들지 못하게 했다. 그 사람의 죽음은 흔적도 없이 감추어지고 만 것이었다. 노무자 명단에 빨간 글씨로 '소모'라고 쓰면 그만일 뿐이었다.

서너 달이 지나 또 한 사람이 도주했다. 다시 경찰이 동원되고 야단법석이 일어났다. 그러나 이틀, 사흘이 지나고, 닷새가 넘도록 그 사람은 잡혀 오지 않았다. 노무자들은 그 일을 입에 올리지 않았다. 그러나 서로서로 바라보는 눈빛은 안도하고 있었다. 열흘이 지나자 경찰도 수색을 단념하는 눈치였다.

서너 달이 지나서야 노무자들은 소곤소곤 그 사람의 이야기를 했다.

"그 사람, 평소에도 발이 아주 빨랐어."

"그러게 말야. 운수를 잘 타고나기도 했을 거야."

"그 사람 워낙 똑똑해. 소지품 하나 안 남겨 놓은 걸 봐."

도망에 성공한 그 사람은 노무자들 사이에서 가장 부러운 존재가 되었다. 차득보의 마음에서도 그 사람은 지워지지 않았다.

도로 공사가 마무리되어 가면서 노무자들의 얼굴에는 실망의 빛이 짙어졌다. 다음에 옮겨 갈 곳이 비행장이 아니라 탄광이라는 게 확실해지고 있었기 때문이다.

차득보는 절대로 탄광까지 끌려가지는 않을 작정이었다. 진작 도주하고 싶었지만 실수 없이 완전하게 하려고 계획을 치밀하게 짜면서 기회를 노려 왔다. 도로 공사를 하면서 어느 방향, 어디쯤에 아이누 마을이 있는지 살펴 왔다. 그러나 그걸 알아내기란 쉽지 않았다. 도로 공사는 이동하면서 진행되었고, 아이누 마을은 좀처럼 눈에 띄지 않았다. 그러나 끊임없이 신경을 쓰면서 차츰 잡히는 게 생겨났다.

아침부터 날씨가 꾸물거렸다.

'제발 비가 와라. 좍좍 쏟아져라.'

차득보는 하늘을 올려다보며 간절하게 빌었다. 비가 오면 빗물에 냄새가 지워지기 때문에 경찰 수색견의 추적을 따돌릴 수 있었다. 그리고 빗소리에 이쪽의 행동을 감출 수도 있고, 수색대의 출동을 늦출 수도 있었다.

오후가 되면서 빗방울이 후둑거렸다. 늦가을이면 어김없이 북

해도를 지나가는 태풍이었다. 차득보는 탈주를 완전히 작정했다.

천둥 번개 속에 비가 거세게 내렸다. 빗소리와 바람 소리 때문에 이쪽 막사에서 고함을 쳐도 저쪽 막사에서 들리지 않을 지경이었다. 차득보는 자정 가까이까지 기다리기로 했다. 저녁을 먹은 뒤에 꼭 술을 마시는 십장들은 그 시간이면 세상모르고 곯아떨어질 거였다.

십장들 방에서 땡! 땡! 시계가 울렸다. 거센 빗소리에도 차득보의 곤두세운 귀에는 그 소리가 또렷이 들렸다. 시계는 11번 울렸다.

잠시 후 차득보는 소지품 보따리를 꺼내 허리에 질끈 동여매고 빗속으로 나섰다. 아내와 아이들 얼굴이 떠올랐다. 변소 뒤를 돌아 철조망에 이르렀다. 혁대에 찔러 둔 수건을 빼내 손에 감고 철조망을 기어올랐다. 철조망이 심하게 흔들렸다. 철조망에 다 올라 아래로 뛰어내렸다.

차득보는 정신없이 산으로 뛰었다. 산은 별로 높지 않았고 서둘러 골짜기를 찾았다. 골짜기에는 빗물이 세차게 흐르고 있었다. 그 물줄기를 타고 내려가며 냄새를 완전히 지울 작정이었다. 차득보는 무릎까지 차오르는 물속을 걸었다. 골짜기를 따라 내려가면 도로에 이르게 되어 있었다.

미끄러지고 넘어지며 도로에 다다른 차득보는 동이 틀 때까지

그 길을 쉬지 않고 뛰었다. 얼굴로 흘러내리는 비를 핥아먹어 목마른 줄도 몰랐다. 날이 밝기 전에 몸을 숨겨야 했다. 아이누를 보았던 곳을 머릿속에 되살려 가며 산속으로 들어선 차득보는 산등성이를 두 개 넘었다. 그러자 분지가 나오면서 특이하게 생긴 초가집 대여섯 채가 빗발 속에 멀리 보였다.

"아이고메, 고맙습니다!"

차득보는 나무를 부둥켜안으며 가쁜 숨과 함께 이 말을 토해 냈다.

아이누의 초가집은 온몸에 털이 난 짐승처럼 집 전체가 짚인지 풀인지 모를 것으로 뒤덮여 있었고, 그 가운데 문이 있었다.

차득보는 첫 번째 집의 문을 두들겼다. 인기척이 없었다. 너무 이른 새벽이었다. 그렇다고 마냥 기다릴 수는 없었다. 차득보는 다시 문을 두들겼다.

안에서 알아들을 수 없는 말이 들렸다. 일본말이 아닌 아이누 말이 분명했다.

"조선 사람입니다. 도와주십시오. 저는 조선 사람입니다."

차득보는 일본말로 또박또박 말했다.

"아버지, 조선 사람이래요."

안에서 들려온 일본말이었다.

"어서 문 열어라."

차득보는 손을 가슴에 얹으며 안도의 숨을 길게 내쉬었다.

"어서 올라오시오. 춥지요?"

쉰 살쯤 돼 보이는 주인이 반갑게 차득보의 손을 잡았다. 비에 젖은 차득보의 몸에서는 물이 뚝뚝 떨어졌고, 입술은 시퍼렜다. 그때 젊은 여자가 차를 가지고 와 차득보에게 건넸다.

"고맙습니다."

차득보는 공손하게 머리를 숙였다. 공허 스님이 여동생을 찾아 주려고 자신을 데리고 주막에 찾아갔을 때 이후로 누군가가 그만큼 고맙기는 이번이 처음이었다.

"저쪽으로 가서 옷부터 갈아입으십시오."

주인이 옷을 내밀었다.

"예, 정말 고맙습니다."

차득보는 머리를 숙이고 또 숙였다.

"여긴 샤모들이 들이닥칠 위험이 있어서 있을 데가 못 됩니다. 여길 떠나 안전한 데로 가세요. 그곳에 조선 사람이 몇 명 사는데, 조선 사람이 오면 자기네한테 보내 달라는 부탁을 받았어요. 그 사람들은 이제 우리 아이누하고 똑같아요. 우리 아들이 모셔다 드릴 겁니다."

주인이 차를 마시며 말했다. '샤모'는 일본인을 경멸해서 부르는 아이누족 말이었다.

"예, 고맙습니다."

아침을 먹고 곧 떠날 채비를 갖추었다. 젊은 여자는 그 사이에 차득보의 옷을 불에 쬐어 거의 다 말려 놓았다. 차득보는 옷을 갈아입고 집을 나섰다.

"편히 가시오."

"이 은혜 평생 잊지 않겠습니다."

차득보는 그야말로 코가 땅에 닿도록 인사했다.

차득보는 젊은이와 함께 산을 넘고 또 넘었다. 빗속을 걷다가 동굴 비슷한 데서 젊은이가 싸 온 점심을 먹었다.

"조선 사람은 샤모보다 몸집도 크고, 기운도 센데 왜 샤모한테 당하며 사는지 모르겠어요. 우리 아이누는 수가 너무 적어 당했지만."

젊은이가 점심을 먹으면서 한 말이었다.

"예, 권력을 잡고 있던 대신 몇 놈이 나라를 팔아먹은 겁니다. 그래서 백성들이 나라를 되찾으려고 30년 넘게 독립 투쟁을 하는데도 우리 조선은 신식 무기를 만들어 내지 못하고 일본 놈들은 신식 무기를 얼마든지 만들어 내니 이기기가 어렵지요."

차득보는 얼굴을 들 수 없는 수치심을 느끼며 이렇게 말했다.

저녁밥 때가 다 되어 깊은 산속의 분지에 도착했다. 집 10여 채가 서로 감싸듯 다정하게 모여 있었다.

"조선 사람이 왔소, 조선 사람!"

젊은이가 어느 집 문을 두들기며 목청 높이 외쳤다.

문을 열고 뛰쳐나온 사람은 한눈에 보아도 조선 사람이었다.

그 사람은 차득보를 얼싸안았다.

"어서 오시오. 얼마나 고생이 많았소."

"예, 고맙구만요, 고맙구만요……."

차득보는 목이 메었다. 동포라는 게 이렇게도 좋은 것인가……, 차득보는 동포의 뜨거운 피를 절절히 느꼈다.

집 안으로 들어간 차득보는 깜짝 놀랐다. 아이를 안고 부끄러운 듯 인사하는 여자는 분명 아이누였다.

"놀라셨지요? 제 아냅니다."

스물대여섯쯤 돼 보이는 그 남자가 씨익 웃었다.

"예, 그러시구만요……."

아침에 젊은이의 아버지가 '그 사람들은 이제 우리 아이누하고 똑같아요'라고 했던 말뜻을 비로소 알아차렸다.

"자, 편히 앉으세요. 저는 강상호라고 합니다."

"예, 저는 차득보라고 헙니다."

"여기에 우리 조선 사람이 다섯입니다. 서로 줄을 대서 모인 거지요."

"다 여기서 혼인을 허셨능게라?"

"아닙니다. 혼인한 사람은 셋입니다. 다른 두 분은 고향에 처자가 있어서요."

"그럼 도망 나온 지 오래되셨능가요?"

"3년 됐습니다."

"저를 구해 주신 것이 너무 고마운디, 그런 부탁을 그 동네에만 허셨능게라?"

"아닙니다. 한 스무 개 마을에 해 놓았습니다."

"아, 그러시구만요. 근디 도망 나와 사는 사람이 몇이나 되는지 다 아시는게라?"

"다는 알 수 없고, 150명쯤 된다는 것까지는 알고 있습니다."

"참 아이누 이 사람들 고마운 사람들입니다."

"예, 순하고 인정이 많습니다. 그나저나 징용 끌려 나온 사람들이 얼마나 되는지, 참 큰일입니다."

"예, 그 수야말로 헐 수 없이 많겠지요. 죽기도 억수로 죽고……."

일제는 160여만 명을 강제징용했고, 30여만 명의 여자들을 위안부와 정신대로 끌어갔으며, 4,500여 명의 학병을 포함해 징병으로 전쟁터에 끌려간 젊은이는 40여만 명이었다.

49

신새벽

　전라남북도와 경상남도에 '지리산 도령들' 소문이 퍼진 지는 이미 오래였다. 소문은 가지가지였다. 독립군으로 나서기 위해 훈련을 하고 있다고도 했고, 나라를 구하기 위해 도를 닦고 있다고도 했고, 왜놈들 총에 이길 수 있는 무술을 연마하고 있다고도 했다. 그 여러 소문의 공통점은 그들이 학병으로 끌려가기를 거부하고 '나라를 되찾기 위해' 지리산에 들어갔다는 사실이었다. 그런데 그들이 모두 몇 명인지를 놓고는 의견이 또 구구각색이었다. 200명이라는 사람이 있는가 하면, 300명이라는 사람도 있고, 400명이라는 사람도 있었다.

　그 소문을 경찰에서 모를 리 없었다. 그런데도 경찰이 그들을 잡으러 지리산으로 들어갔다는 말은 들리지 않았다. 경찰 수백 명이 지리산으로 들어가 봐야 지리산이 워낙 높고 커서 도령들을 잡을 도리가 없기 때문이었다. 사람들은 경찰조차 어찌지 못한다는 사실이 통쾌해 '지리산 도령들' 이야기를 하고 또 했다.

학병을 피해 지리산에 들어온 학생들은 화전민의 거처를 따라 여러 골짜기에 나뉘어 있었다.

송준혁은 피아골에 있었다. 피아골 양달에는 작은 산꽃들이 피어나고 나뭇가지마다 연초록 새잎들이 피어나고 있었다.

송준혁은 동료들과 함께 산밭을 파 엎다가 밭두렁에 둘러앉아 잠시 쉬고 있었다. 여섯 명이었다. 모두 열 명인데 넷은 어디선가 보초를 서고 있었다.

"선생님 오실 때가 되지 않았나?"

누군가가 담배 연기를 날리며 말했다.

"글쎄, 선생님이야 아무 예고도 없으신 분이니까."

선생님이란 이현상을 가리켰다.

"참, 그 평양 사단에서 검거된 학생들은 어찌 됐을까?"

"중형을 받게 되겠지."

"그 학생들도 우리처럼 미리 대처했어야 하는데."

"그러게 말야. 거긴 학생들을 이끌 지하조직이 없었던 모양이야."

"있었어도 선생님 같은 탁견을 가진 사람이 없었을지도 모르지."

그들은 작년 12월에 일어난 평양 사단 사건 이야기를 하고 있었
다. 평양 사단에서 훈련을 받던 학병들이 훈련소를 탈출해 항일
게릴라전을 전개하려다 발각되어 70여 명이 검거되었던 것이다.

휘이 휙!

북쪽 등성이에서 휘파람소리가 올렸다.

선요원을 통과시켰다는 보초의 신호였다.

한 사람이 커다란 바위를 돌아 모습을 드러냈다.

"아, 어서 오시오."

이쪽에서 높인 목소리로 반겼고,

"아, 안녕들 하시오."

선요원이 손을 흔들며 화답했다.

"동지들, 대특보요, 대특보!"

선요원이 부푼 목소리로 말했다.

"기다리고 있었소. 그게 뭐요?"

"놀라지들 마세요. 며칠 전 미군이 오키나와 상륙에 성공했소!"

와아아ㅡ.

그들은 두 팔을 올리며 환성을 터뜨렸다.

미군의 오키나와 상륙ㅡ 그것은 일본의 전면적 패배를 뜻하는 것이었다.

그들이 지리산 속에 있으면서도 나라 밖에서 일어난 사건을 샅샅이 알고 있는 것은 '미국의 소리' 단파방송 때문이었다. 단파방송에서 들은 소식은 선요원을 통해 각 조직으로 전해졌다. 그런데 오키나와를 점령당한 일제가 '일억총옥쇄'라는 새로운 구호를 외치기 시작했다는 것을 학생들은 아직 모르고 있었다. 일억총옥쇄란 '일본과 천황에게 충성을 다 바쳐 일본 사람 7천만과 조선 사람 3천만이 다 같이 깨끗하게 죽자!'라는 뜻이었다.

"또 한 가지 큰 소식이 있습니다. 히틀러가 자살했습니다."

"예?"

"그럼 독일은 완전 패전한 것 아닙니까?"

"그렇지요. 그쪽 전쟁은 끝난 거지요."

"그럼 일본의 패배도 눈앞에 와 있습니다. 그쪽 병력이 이쪽으로 오면 일본이 무슨 수로 견디겠어요."

"그렇지요. 금년 안에 결판이 날 수도 있습니다. 모두 힘냅시다."

"예, 힘냅시다."

그들은 목소리를 합쳤다.

선요원은 인사를 마치기 바쁘게 돌아섰다. 그들은 가슴 울렁이는 감격 속에서 다음 조직을 향해 등성이를 넘어가는 선요원을 지켜보고 있었다.

지리산 학생 조직은 열 명을 단위로 나뉘어 있었다. 많은 사람이 지낼 장소가 마땅치 않았고, 경찰에 발각되더라도 피해를 최소화하자는 것이었다. 그 열 명씩의 조직을 연결하는 것이 선요원이었다. 선요원은 각 소대에 본부의 지시와 긴급 사항 같은 것을 수시로 전하고, 사상 교재를 배달했다.

그들은 지리산에 학생이 모두 몇 명 있는지 알지 못했다. 대충 200명쯤으로 짐작할 뿐이었다. 그 총수를 정확히 알고 있는 사람은 이현상뿐이었다. 그는 사회주의 지하운동가답게 학생 조직을 군대처럼 짜고 철저한 점조직으로 운영했다. 만약의 사태로 몇몇이 붙들려 가더라도 조직 전체가 노출되지 않도록 하는 방법이었다.

진달래가 무리지어 피었다 꽃송이째 떨어지면서 4월이 갔다. 지리산이 연초록에서 차츰 초록빛으로 바뀌어 갈 무렵 그들 앞에 이현상이 나타났다. 선요원과 또 한 명이 수행하고 있었다.

"동지들, 수고가 많소."

이현상은 학생들의 손을 일일이 잡았다.

송준혁은 다른 학생들과 마찬가지로 깊이 고개를 숙였다. 그러면서 할아버지가 이분 같았을까 하고 생각했다. 그리고 아버지는 왜 이분같이 나서지 않았을까 하고 생각했다. 폐병 때문에 아버지는 운동을 중단한 것 같은데, 지금 죄 없이 옥고를 치르고 있으니 문제였다.

"기쁜 소식입니다. 지난달부터 전국 주요 도시에서 미군기의 폭격을 피하기 위한 소개가 실시되고 있습니다. 그리고 사흘 전인 5월 2일에는 영국군이 버마 랑군을 점령했습니다. 이로써 일제는 본토를 폭격당하는 동시에 동남아 전선에서는 미군, 영국군, 중국군에게 대협공을 당하는 최악의 사태에 빠졌습니다."

본부 요원의 말이었다.

그들은 일제히 환성을 질렀다.

"동지들, 일제는 패망했습니다. 이제 항복의 절차가 남아 있을 뿐입니다. 여러분은 새로운 각오로 임해 주기 바랍니다."

이현상은 이 말을 남기고 봄 숲 속으로 사라졌다.

"저것 좀 봐!"

누군가의 말에 그들은 모두 고개를 하늘로 젖혔다. 아지랑이 기운 아른거리는 하늘 저 높이 새하얀 비행운을 남기며 비행기가 날아가고 있었다. 최근에 부쩍 자주 나타나기 시작한 B29였다. 그들은 언제까지나 그것을 바라보고 있었다.

"좋은 말로 할 때 쌀 내놔!"

사내는 고약하게 치뜬 눈으로 홍 씨를 꼬나보았다. 다른 일본 사내는 어슬렁거리며 집 안을 살폈다.

"몇 번이나 말해야 허요. 없소."

홍 씨는 싸늘하게 내쳤다.

"다 알고 왔다니까. 집을 뒤져야 알겠어!"

사내는 발로 땅을 구르며 으름장을 놓았다.

"맘대로 허시요. 만일에 뒤져서 안 나오면 어쩔라요?"

마루에서 사내를 내려다보는 홍 씨의 매운 눈길에 싸늘한 위엄이 서려 있었다.

"뭐야? 건방지게 말이 많아. 기우치 상, 말로 안 되겠소. 뒤집시다."

사내가 일본 사내에게 말했다.

두 사내는 집 안을 뒤지기 시작했다.

홍 씨는 까딱도 안 하고 꼿꼿이 서 있었고, 늙은 머슴은 헛간 그늘에 쪼그리고 앉아 곰방대만 뻐끔거리고 있었다. 벌써 오래전부터 젊은 사람이 없어 늙은 사람을 머슴으로 쓸 수밖에 없었다. 역시 농사일은 기운이 밑천이라 소출이 줄어들었다. 그렇다고 걱정할 건 없었다. 작년 6월부터 미곡 강제 공출제가 실시되면서 농사지은 쌀을 다 빼앗기고 배급을 타 먹고 있었기 때문이다.

집뒤짐을 하는 두 사내는 미곡 공출과 배급을 맡고 있는 식량영단에서 나온 자들이었다. 자작농인 경우에 이런 집뒤짐을 당하기는 예사였다. 그러나 집뒤짐은 추수철에나 벌어지는 일이지 그 뒤로는 별로 없었다. 홍 씨는 딴 트집을 잡으려는 것이라고 생각했다. 아들 동걸이 때문에 줄곧 주목을 받아 오던 참이었다.

두 사내는 장독대, 헛간 잿더미, 똥장군 속까지 살피고, 담 밑까지 헤집고 다녔다. 그러나 숨긴 일이 없으니 나오는 게 있을 리 없었다.

"갑시다. 제보가 잘못된 것 같소."

사내가 앞서 대문 쪽으로 돌아섰다.

"쌀을 숨겼더라도 5월까지 남아 있을 리도 없고……."

일본 사내가 혀를 차며 뒤따랐다.

"에이, 못된 놈. 뒷돈 써서 징용 징병에 안 끌려가고 그 자리 하나 얻어서 허는 짓이라고는…… 저것이 어디 양반집 자식이고 배웠다는 놈이여?"

늙은 머슴이 혀를 차며 곰방대를 돌에다 마구 두들겼다.

식량영단에 취직해서 공출과 배급 주는 일을 하는 30대의 조선 사내들은 모두가 사회적 배경과 돈으로 그 자리를 차지한 신종 친일파들이었다.

"할아부지, 쟁기질 안 나가요?"

물동이를 이고 들어오던 부엌데기 처녀가 늙은 머슴에게 물었다.

"이놈의 세상 농사지어서 뭐허겄냐? 땅을 그냥 놀리는 것이 낫제."

늙은 머슴이 더디게 몸을 일으켰다.

"음마, 경찰서에 잡혀갈 소리만 골라서 허시요 잉?"

처녀가 부엌으로 들어가며 통을 놓았다.

"야아야, 사정을 모르면 말을 말어라. 사람 속 터져 죽겄응게."

"아니, 무슨 일 있었소?"

처녀가 앞머리에 묻은 물기를 털며 부엌에서 나왔다.

"식량영단인지 개 콧구녕인지 허는 놈들이 나왔다."

"염병헐 놈들, 지랄도 어지간히 허고 댕기네."

처녀가 대문 쪽에다 침을 내뱉었다.

관청에서는 식량 증산을 외쳐 댔지만 이삼 년 사이에 놀리는 논이 부쩍 늘어났다. 주로 소작인을 구하지 못한 대지주들의 논이었다. 소작인을 징용과 징병으로 엄청나게 끌어갔기 때문이었다.

식량이 감소하는 까닭은 또 있었다. 논일을 노인이나 여자들이 하는 판이라 소출이 줄어들 수밖에 없었다. 그런 데다 공출 때문에 지주들은 전처럼 소작인을 닦달하지 않았고, 자작농들도 농사에 열성을 바치지 않았다. 사람들이 쌀을 감추는 것도 식량 감소에 한몫을 거들었다. 이렇듯 이중 삼중의 원인이 겹쳐 식량 생산이 줄고, 그럴수록 총독부에서는 공출 할당량을 높이면서 식량영단의 횡포는 극심해지고 있었다.

총독부에서는 공출과 함께 쌀 유통을 금지시켰다. 쌀가게들은 일제히 문을 닫았고, 역마다 경찰들이 나서서 승객들의 짐을 일일이 조사하는 사태가 벌어졌다. 일본 농촌의 식량 감소도 조선 농촌과 마찬가지여서 일제는 군량미 조달마저 궁지에 몰려 있었다.

공출은 쌀만 하는 게 아니었다. 놋그릇을 가장 먼저 공출하기 시작하더니 해가 갈수록 공출의 종류가 불어나 작년에는 콩·조·수수 같은 잡곡을 비롯해서 목화·아주까리·삼줄·채소·칡넝쿨·송진·솔가지 등 그 종류가 셀 수 없을 정도였다.

며칠이 지나 홍 씨네 마을은 시끌덤벙해졌다. 여자들까지 낀 칠팔 명이 두 명씩 조를 짜서 이 집, 저 집에서 시비를 일으키고 있었다. 그들은 국민총력연맹에서 나온 사람들이었다.

　"안 되어라. 숟가락 젓가락까지 뺏어 가면 손가락으로 밥 먹고 국 먹으란 것이오?"

　부엌데기 처녀가 두 팔을 쫙 벌려 부엌문 앞에 버티고 서서 기를 세웠다.

　"정말 말 안 들을 거야. 꼭 완력을 써야겠어!"

　사십 중반의 남자가 처녀를 곧 잡아챌 것 같은 사나운 기세로 불쑥 다가섰다.

　"을선아, 그만허면 되았다. 맘대로 가져가게 문 활짝 열어 줘라."

　그때까지 마루에서 그 시비를 내려다보기만 하던 홍 씨의 말이었다.

　"아이고메, 아짐씨……."

　을선이가 울상이 되어 홍 씨를 바라보았다.

　"니 말대로 손가락으로 먹고살자."

　홍 씨는 이 말을 남기고 방으로 들어가 버렸다.

　을선이는 얼굴을 가리며 울음을 터뜨렸고, 남자와 여자는 거침없이 부엌으로 들어가 살강 위의 나무함에 담긴 숟가락과 젓가락을 몰아 잡아 자루에 넣었다.

마침 홍 씨댁에 와 있던 금예는 죽어라고 자기 집으로 뛰었다.

"엄니, 엄니 수, 숟가락……."

금예는 사립을 뛰어들며 다급하게 말을 토해 냈다.

"벌써 다 쓸어 갔다……."

외손자를 업은 보름이가 스산한 얼굴로 말했다.

"아이고메!"

금예는 울부짖으며 주저앉았다. 아들 제일이의 숟가락만은 안 뺏기려고 달려온 길이었다. 남편이 징용 끌려가기 전에 아이 낳기를 바라며 장만해 주고 간 숟가락이었다.

50

허깨비 군대

쿵! 쿵!

딸랑, 딸랑, 딸랑······.

느닷없이 울려 대는 요란한 소리에 윤철훈은 무선송신을 멈추며 후닥닥 일어났다.

'저건 도둑놈이 아니다. 헌병대의 기습이다. 전파가 탐지됐다. ······뒷문으로 도망가나? 아니다, 때가 늦었다. 괜히 길 안내만 해 줄 뿐이다. 아이들, 아이들을 구해야 한다.'

윤철훈은 집으로 연결된 비상 연락줄을 마구 잡아당겼다. 그걸 잡아당기면 안방의 종이 울리게 되어 있었다.

윤철훈은 곧 줄 잡아당기기를 멈추고 가위로 줄 끝을 잘라 버렸다. 줄 매듭만 손에 남고, 줄은 자취 없이 밖으로 빠져나가 버렸다.

"빨리빨리!"

"샅샅이 뒤져라!"

군화 소리들과 함께 터지고 있는 일본말이었다.

윤철훈은 줄 매듭을 쓰레기통에 버리며 눈을 감았다. 아내와 아이들의 얼굴이 떠올랐다.

'절대로 올라와선 안 돼!'

그는 아내에게 말했다. 그건 이미 정해 둔 규칙이었다. 아내는 아이들을 데리고 침착하게 대피할 것이다.

"손들엇!"

윤철훈은 눈을 떴다. 서너 개의 총구멍이 눈앞에 있었다. 그는 천천히 손을 들었다.

헌병 둘이 달려들어 그의 팔을 꺾고 등 뒤로 쇠고랑을 채웠다.

"다른 놈들은 없습니다."

"틀림없나?"

"옛, 두 번씩 확인했습니다."

"무전기 압수했습니다."

"됐다, 가자!"

윤철훈은 계단을 내려가면서 다시 아내와 아이들을 생각했다.

아내와 아이들이 하얼빈으로 가서 조직의 도움을 얻어 국경을 넘자면 사오 일은 걸릴 거였다.

'여보, 아이들 잘 부탁해……. 애들아, 건강하게 잘 커야 한다…….'

윤철훈은 아내와 아이들을 작별했다. 이렇게 잡힌 이상 살아날 길은 없었다. 아내와 아이들이 무사한 것만도 천행이었다.

차은심은 비상종 소리에 놀라 잠이 깼다. 다급하게 울리던 비상종이 뚝 끊어졌다. 위기에 빠졌으니 빨리 피하라는 신호였다. 차은심은 두 아이를 깨워 뒷마루방 아래 파 놓은 지하실로 피했다. 한 시간이 넘도록 신경을 곤두세우고 있었지만 집을 뒤지는 기척은 없었다. 남편 혼자 잡혀간 게 분명했다. 차은심은 밖으로 나와 사진관의 동정을 살폈다. 사진관에는 아무런 인기척이 없었다.

차은심은 방으로 들어왔다. 두 아이는 겁난 얼굴로 꼭 붙어 앉아 있었다. 자신을 바라보는 그 말똥말똥한 눈을 보자 차은심은 가슴이 찡 울리며 왈칵 눈물이 나려고 했다.

"자라니까 아직 안 자니?"

차은심은 두 아이를 감싸 안았다.

"잠 안 와. 아빠는?"

큰아이가 눈을 올려 떴다.

"사진관에서 일하시지."

"아빠는 맨날 일이야."

작은아이가 방싯 웃었다.

"그래, 너희들 잘 키우려고 그러시지."

"엄마는 안 자?"

"말 그만 하고 어서 자라니까."

차은심의 가슴은 울고 있었다.

'이 어린것들에게 아버지가 없어지다니…… 기막힌 일이었다. 어쩌다가 탐지되었단 말인가? 어디서 허점이 생긴 것일까……?'

아이들은 곧 잠들었고 차은심은 눈물을 참아 가며 짐을 챙기기 시작했다. 하얼빈행 아침 첫차를 타야 했다.

날이 밝자마자 뒷방의 식모를 깨웠다.

"며칠 동안 길림의 친척 집에 다녀올 테니까 너도 집에 가서 쉬어라."

차은심은 하얼빈과 정반대인 길림으로 간다고 했다.

차은심은 2등 기차표를 샀다. 3등을 타고 조사받는 것을 피하기 위해서였다.

"기차 안에서 떠들면 안 돼. 시끄럽게 하면 일본 순사가 잡아가니까. 쓸데없는 말 하지 말고 얌전하니 가야 해. 알겠어?"

차은심은 두 아이를 똑바로 쳐다보며 엄한 얼굴로 일렀다.

두 아이는 시무룩해지며 고개를 끄덕였다. 조선에서도 그렇지만 만주에서도 '일본 순사'는 아이들에게 옛날이야기에 나오는 호랑이보다 훨씬 더 위력이 컸다.

기차가 출발했다. 차은심은 창밖을 내다보며 울음을 씹어 넘기고 있었다.

한편 윤철훈은 지하 고문실에서 혹독한 고문을 당하고 있었다. 취조는 헌병대 도착 즉시 시작되었다.

"사진관을 차려 놓고 무전 송신을 해 온 스파이! 여러 말 하지 않겠다. 하수인들을 대라."

뱀 같은 인상의 대위가 차분하게 말했다.

"……."

윤철훈은 아내가 국경을 넘을 때까지는 입을 열지 않기로 작정했다.

그는 차에서 내릴 때 헌병을 걷어차고 도주하려 했다. 총으로 자신을 쏘게 유도할 생각이었다. 가장 빨리 그리고 손쉽게 죽는 방법이었다. 그런데 차에서 내리기 전에 벌써 헌병 둘이 양쪽에서 팔짱을 단단히 끼어 버렸다.

"신사적으로 하려고 하는데 대접을 안 받겠다 그건가? 빨리 하수인들을 대!"

눈이 유리알처럼 반들거리는 대위의 목소리가 팽팽하게 곤두섰다.

"……"

윤철훈은 무슨 일이 있어도 역전에서 밥장사를 하는 최규승과 인력거꾼 하 서방을 입에 올리지 않으리라고 또다시 결심했다.

"정말 피를 봐야 알겠나!"

마침내 대위가 감정을 터뜨리며 책상을 내리쳤다.

그 순간 윤철훈의 머리에 이발소와 음식점 주인을 하수인으로 끌어들이자는 생각이 번쩍 떠올랐다. 그들에게 정보를 얻어 냈다고 하면 타당성도 있고, 그들을 통해 얻어 낸 정보들을 실토하면 그들은 물론이고 그들에게 그런 말을 흘린 장교들까지 걸려들게 되어 있었다. 최규승과 하 서방을 보호하면서 왜놈들에게 분란을 일으키는 것, 그야말로 정말 좋은 방법이었다.

"이봐! 이 새끼 지하실로 끌어가."

벌떡 일어선 대위가 윤철훈을 걷어차며 소리 질렀다.

윤철훈은 가죽 채찍 고문, 고춧가루물 고문, 전기 고문을 차례로 당하며 아침을 먹고, 점심까지 먹었다. 그러면서 그는 시간을 조정했다. 이발소와 음식점 주인을 끌어들이게 되면 그들이 조사받는 시간만큼 벌 수 있었다. 아내가 아침 첫차를 탔다면 지금쯤 하얼빈에 도착할 시간이었다. 오후 취조부터는 입을 열기로 했다.

"자, 아직도 고문이 부족하신가? 걱정할 것 없어. 우린 폴란드에서 수입한 45가지 고문 방법을 가지고 있어. 더 맛을 볼 테야, 실토를 할 거야? 누군가, 하수인들이?"

대위가 낮고 싸늘하게 말했다.

"예, 저어……."

윤철훈은 대위를 힐끗 보며 주먹질에 맞고 터진 아랫입술에 침을 발랐다.

"좋아, 어서 말해."

대위가 긴장하며 의자를 바짝 끌어당겼다.

"……사쿠라 이발소하고 아사히 음식점 주인이……."

"아니, 내지인들이 너하고 한패라는 거야?"

대위는 믿지 못하겠다는 반응이었다.

"그들이 군사정보를 빼내 줬습니다."

윤철훈은 일부러 '군사정보'라고 못을 박았다.

"이런 죽일 놈들, 조센징한테 군사정보를 빼 주는 매국노 짓을 하다니. 이봐, 당장 출동 준비."

대위는 시뻘겋게 흥분해서 소리쳤다.

헌병들은 지하실을 뛰쳐나갔다. 윤철훈은 고개를 뒤로 젖히며 희미하게 웃었다.

윤철훈은 그동안 무선송신한 정보들을 간추려 보았다. 만주 주둔 관동군의 실태를 비교적 정확하게 파악해서 보낸 것이 보람이라면 보람이었다. 관동군은 한마디로 종이호랑이였고 허깨비였다. 무적의 70만 관동군—그건 이제 허풍이고 위장에 지나지 않았다. 병력이 중국과 동남아 전선으로 투입되고 있어서 이제 지난날의 관동군이 아니었다. 그건 너무 놀라운 사실이었다. 정보를 수집한 사람이 놀란 형편이었으니 그 정보를 수신한 소련에서는 얼마나 더 놀라고 또 반가워했을 것인가?

"이 새끼, 왜 거짓말이야! 네놈이 스파이라는 걸 전혀 모르고 있는데."

대위가 지하실로 뛰어들며 외쳤다.

"허, 그야 당연하지요. 스파이가 스파이라고 하면서 활동하는 법도 있나요? 그 사람들은 나한테 술 얻어 마시고, 화투해서 돈 따먹고 하면서 자기들도 모르게 하수인 노릇을 했지요."

윤철훈은 태연하게 말했다.

"뭐라고, 이놈이 아주 악질적인 방법을 썼네. 병신 같은 새끼들이 조센징 놈의 꾀에 당하다니."

대위는 책상다리를 걷어차며 다시 밖으로 나갔다.

한참이 지나 이발소와 음식점 주인이 지하실로 끌려 들어왔다. 그들은 윤철훈을 보자마자 자기들의 결백을 주장하듯 욕을 퍼부었다.

"당신들을 이용해서 미안하오."

윤철훈은 그들의 목에 올가미를 씌우는 기분으로 똑똑하게 말했다.

"저놈 말 들었지! 저놈이 이용했다는데도 너희들은 이용당하지 않았다는 거야?"

대위가 소리를 꽥 질렀다. 그 소리가 지하실을 크게 울렸다.

"글쎄, 군사기밀이 될 만한 것은 알려 준 게 없다니까요."

이발소 주인이 부들부들 떨었다.

"저도 조센징한테 그런 것 알려 준 일이 없습니다."

음식점 주인도 떨며 말했다.

"병신 같은 새끼들, 조센징한테 이용이나 당하고. 이 새끼들 끌고 올라가 유치장에 처넣어. 대질심문은 이따가 하겠다."

대위는 두 부하에게 이르고 천천히 의자에 앉았다.

"너 소속이 공산당이야, 국민당이야?"

대위는 그런 행위를 하는 조선 사람은 으레 중국의 그 어느 쪽에 속한다고 단정하고 있었다.

"소련이오."

"뭐, 뭐라고?"

대위는 윤철훈의 생각보다 훨씬 더 놀랐다.

"정말 소련이야? 하, 이것 참!"

주먹으로 책상을 치는 대위는 무척 낭패스러운 얼굴이었다.

"이 새끼, 소련 어디로 송신했나?"

"블라디보스토크입니다."

"다른 조직이 또 있지?"

"그건 모릅니다. 저는 혼자였으니까요."

"잔소리 마라. 다른 조직을 대!"

"고정 스파이가 고정 스파이끼리 연락이 안 된다는 건 상식 아닙니까? 특히 소련 조직은 단독 활동입니다."

"블라디보스토크에서 몇 놈이나 훈련을 받았나?"

"그때부터 저 혼자였습니다."

"사진관 개설 자금도 그때 가져왔나?"

"예."

"다시 말한다. 여기서 포섭한 조센징 조직을 대."

"정말 없습니다. 저의 주임무가 군사기밀 탐지였기 때문에 조선 사람은 포섭해 봐야 아무 쓸모가 없습니다. 그래서 장교들 출입이 잦은 고급 이발소와 고급 음식점 주인들에게 접근한 겁니다."

"사진관에도 장교들 출입이 많았지?"

"예."

"여우 같은 놈. 정보 수집을 많이 했나?"

"아닙니다. 위장에는 효과가 있었지만 정보 수집에는 별로 효과가 없었습니다. 제가 조선 사람이라 장교님들한테 감히 무슨 말을 붙일 수도 없었습니다."

윤철훈은 술술 말을 꾸며 댔다.

"이발소와 음식점에서 빼낸 정보가 뭐지?"

"주로 병력 이동 상황이었습니다."

"그걸 그자들이 어떻게 알지?"

"그런 고급 영업소의 단골손님은 거의가 장교님들이시고, 부대가 이동하면 장교님들도 이동해서 영업에 지장이 생기니까 그 주인들은 부대 이동에 관심이 많았습니다. 그리고 장교님들이 이동을 앞두고 이발하고 술 드시면서 무심코 이동한다는 말을 해 주었습니다. 그런 말들 중에는 어떤 부대가 어디로 이동한다는 식의 중요한 정보가 적지 않았습니다."

윤철훈은 이발소와 음식점 주인 그리고 장교들을 한 올가미에 넣어 조이고 있었다.

"하, 이런 놈의 일이 있나!"

대위는 한숨을 푹 쉬었다.

그 한숨 소리에서 윤철훈은 승리의 쾌감을 맛보고 있었다.

다음 날부터 이발소와 음식점 주인과 대질심문이 계속되었다. 윤철훈은 계획대로 그들을 몰아댔다. 그들은 그런 말 한 일 없다고 펄펄 뛰었지만 그때마다 몽둥이질이며 채찍질을 당할 뿐이었다. 그들에게 요구하는 것은 그런 정보를 흘린 장교들을 대라는 것이었다. 그들은 매를 견디다 못해 장교들의 이름을 대고는 했다.

윤철훈은 '특별 수송자'가 되어 6일 만에 차에 실려 헌병대를 떠났다. 물론 윤철훈은 자신이 '특별 수송자'인 것을 모르고 있었다. '특별 수송자'란 세균전 부대에 생체 실험용으로 보내는 사람을 지칭하는 그들의 암호였다.

기차는 어둠 속을 줄기차게 달렸다. 윤철훈은 이번 사건의 마무리에 더없이 만족했다. 그들에게 분란을 일으킨 것도 통쾌했지만 최규승과 하 서방을 무사히 지켜 낸 것이 무엇보다 기뻤다. 이제 빠르고 편안하게 죽는 일만 남아 있었다.

윤철훈은 줄곧 기차에서 뛰어내릴 기회를 노렸다. 그러나 헌병이 변소까지 따라다녔다.

새벽에 기차에서 내리고 보니 하얼빈시의 빈강역이었다.

'왜 여기로 데려온 것일까……?'

너무 뜻밖이라 윤철훈은 잠시 멍해졌다.

윤철훈은 자동차에 실려 가면서도 생각해 보았지만 왜 하얼빈으로 데려왔는지 짚이는 게 없었다.

어느 건물 앞에서 차를 내렸다. 헌병 둘이 윤철훈의 팔짱을 단단히 끼었다. 문 앞을 지키고 있던 헌병 둘이 문을 열어 주었다. 안으로 들어가자 또 문이 나타났다. 헌병 하나가 지키고 있었다. 그 문을 통과하자 복도 양쪽으로 사무실이 나타났다. 왼쪽 첫 번째 사무실로 들어갔다. 너덧 명의 헌병들이 앉아 있다가 그들을 맞이했다.

서류를 확인한 헌병들은 다시 윤철훈을 복도로 끌고 나와 오른쪽 두 번째 방으로 밀어 넣었다. 방으로 들어선 윤철훈은 흠칫 놀랐다. 사람들이 열대여섯쯤 있었던 것이다. 윤철훈은 다른 사람들과 연결되어 있는 쇠사슬에 발목이 묶였다. 그들 모두 심한 고문을 당했다는 것을 한눈에 알 수 있었다.

그들은 한밤중에 끌려 나와 뒷문이 달린 뚜껑 덮은 차에 밀려 올라갔다. 뒷문이 닫히면서 차가 출발했다.

한참을 달려 그들은 차에서 내렸다. 차는 지하실 입구에 멈춰 있었다. 그들은 목욕탕으로 끌려갔다. 헌병들은 간 곳이 없고 육각 몽둥이를 든 건장한 청년들이 그들을 지휘했다.

'목욕을 시켜? 이곳이 도대체 무엇을 하는 곳인가?'

총살을 시키리라는 예상이 빗나가고 전혀 엉뚱한 일이 벌어지고 있어서 윤철훈은 갑자기 의심이 솟았다.

목욕을 끝낸 그들은 번호가 찍힌 푸른 죄수복으로 갈아입었다. 윤철훈은 자신의 번호를 내려다보았다. 2983.

'여기가 감옥인가? 아닌데, 감옥이 아닌데.'

한밤중에 죄수들을 목욕부터 시키는 감옥이 있을 리 없고, 목욕 시설도 너무 좋았다. 윤철훈은 의심이 부쩍 더 커졌다.

그들은 2층 감방으로 끌려갔다. 윤철훈은 3인 감방으로 밀려 들어갔다. 다른 두 사람은 중국공산당 지하 공작원이었다. 그들도 이곳이 무엇을 하는 곳인지 무척 궁금해했다.

이튿날 아침밥을 먹자마자 윤철훈네 감방 문이 덜컹 열렸다.

"셋 다 빨리 나와. 예방주사 맞으러 가야 하니까."

육각 몽둥이를 든 청년 셋이 버티고 서 있었다.

세 사람은 청년 셋에게 팔을 붙들려 각기 다른 방향으로 끌려 갔다.

"자, 호열자 예방주사를 맞게."

오십쯤 먹어 보이는 남자가 윤철훈의 팔에 주삿바늘을 꽂았다.

51

해방 그리고 비극

내륙인 만주의 7월 중순은 폭염으로 끓고 있었다. 그 지글거리는 폭염을 헤치고 먼지를 뽀얗게 일으키며 달려온 자동차 두 대가 지삼출네 마을 앞에 멈추었다. 자동차에서 군인들 20여 명이 뛰어내렸다.

마을로 들어선 군인들은 둘씩 짝을 지어 이 집, 저 집을 덮치기 시작했다.

지삼출의 집에도 군인이 들이닥쳤다.

마당가 나무 그늘에서 잠든 손자에게 부채질을 해 주던 지삼출이 놀라 벌떡 일어났다.

늙은 지삼출을 힐끗 본 두 군인은 아무 말 없이 집 안을 뒤졌다.

두 군인은 기민하게 집 안을 다 뒤지고는 옆집으로 뛰어갔다.

"어째 또 저런다요?"

무주댁이 겁먹은 얼굴로 남편에게 다가왔다.

"모르겠네, 빌어먹을 놈들."

지삼출은 혀를 차고는, "딴 집에 가 보소. 왜 또 저 지랄들인지."라며 얼굴을 찡그렸다.

"누가 숨어든 것도 아니고 요상시러라."

무주댁이 치마말기를 추스르며 잰걸음질을 쳤다.

개가 짖어 대고, 군인들의 외침이 터지고, 여자들의 비명 소리가 울리고, 마을은 금방 수라장이 되었다.

"손들엇!"

"손 번쩍 들엇!"

군인들의 외침이 여기저기서 울렸다.

군인들은 늙은이와 어린아이들만 빼놓고 남자들을 무작정 내몰았다.

"아이고메, 난리 나 부렀소. 남자라고 생긴 것은 다 잡아가요."

무주댁은 숨을 할딱거리며 남편에게 말했다.

"뭣이여? 무슨 일인고?"

지삼출이 벌떡 몸을 일으켰다. 주름살과 흰머리가 많았지만 아직 기력은 실해 보였다.

"또 군대 끌어갈라는 것 아니겠소?"

무주댁도 산전수전 다 겪어 눈치 빠르게 말했다.

"그렇겄제. 쌈에 판판이 진다등마."

지삼출이 바지 끈을 새로 조여 묶으며 눈썹이 꿈틀했다.

만주에는 조선보다 일본의 전황이 훨씬 빠르고 정확하게 전해지고 있었다. 중국공산당 지하 공작원들이 소식을 퍼뜨리는 것이었다. 그래서 관동군에서는 유언비어유포죄로 사람들을 닥치는 대로 잡아넣었다. 그래도 일본이 지고 있다는 소문은 끈질기게 나돌았다.

남자들이 두 손을 들고 자동차 있는 데로 끌려 나왔다. 잡혀온 40여 명은 자동차 앞에 두 줄로 세워졌다. 동네 사람 200여 명이 반원을 그리며 그들을 에워쌌다.

지휘봉을 든 장교가 두 줄로 선 사람들을 유심히 살펴 나가기 시작했다.

"너!"

장교가 지휘봉으로 가리키면 뒤따르는 군인이 그 사람을 잽싸게 끌어내 따로 세웠다.

"너!"

40여 명 가운데 지적당한 사람은 14명이었다.

"나머지 사람은 해산시켜."

장교의 명령에 따라 군인들은 14명을 뺀 나머지 사람들을 해산시켰다. 풀려난 사람들은 나이가 많거나 어려 보이는 두 축이었다.

"에에 또, 여기에 뽑힌 14명은 영광스럽게도 대일본 제국의 성전에 참전할 기회를 얻게 되었다. 너희들은 모두 황은을 입은 이들을 열렬한 박수로 환송하도록!"

장교가 동네 사람들에게 한 말이었다.

"아이고, 나는 마흔셋이고 우리 큰아들이 봄에 군대에 나갔소."

한 남자가 앞으로 나서며 외쳤다. 그 남자는 뼈대가 굵고 몸이 건장해 제 나이보다 젊어 보였다.

"잔소리 마라!"

장교가 빠락 소리를 질렀다.

"저 사람 말이 맞소. 나이도 마흔셋에다가, 큰아들이 군대에 갔는디 아부지까지 가는 것은 너무 과허요."

지삼출이 앞으로 나서며 말했다.

"닥쳐라! 이 늙은이."

장교가 눈을 부릅떴다.

무주댁이 뛰어나와 지삼출을 잡아끌었다.

"우리 아들은 열여섯밖에 안 되았소."

한 여자가 뛰쳐나와 자기 아들을 붙들었다. 그 총각은 키가 클 뿐 어머니 말마따나 얼굴에는 앳된 티가 그대로 남아 있었다.

"뭣들 하느냐, 빨리 태워라!"

장교는 들은 척도 않고 지휘봉으로 허공을 후려치며 외쳤다.

군인들이 우르르 달려들어 14명을 총대로 밀어제쳤다.

자동차 두 대는 곧 출발했다. 사람들은 그때서야 다른 자동차 한 대에도 다른 동네 사람들이 타고 있다는 것을 알았다.

"아이고 이놈들아, 그 어린것을……, 이 죽일 놈들아……."

그 여자는 땅을 치며 통곡했고 동네 사람들은 멍하니 서 있었다.

그런데 이틀이 지나 지삼출은 큰아들도 군대에 끌려갔다는 소식을 들었다.

"아니, 서, 선생도 군대로 끌어가?"

지삼출은 60리 길을 내달아 온 큰며느리를 멍하니 바라보며 말을 더듬었다.

"별수 있냐, 요것이 조선 사람들 팔자다. 맘 강단지게 먹고 무사히 돌아오기를 기다리자. 왜놈들 망헐 날이 바로 눈앞에 닥쳤응게."

지삼출은 큰며느리에게 힘주어 말했다.

한편, 남만석네 집단부락에서도 다급한 징병이 실시되고 있었다. 그런데 거기서는 세대주를 제외한 그 자식들만 끌어갔다. 집단부락을 운영해야 했기 때문이다. 집단부락은 여름에는 군량미

218

를 생산하고 겨울에는 연료를 생산하는 조직이니 아무리 형편이 급해도 그 조직을 파괴할 수는 없는 일이었다.

"아니, 어째서 우리 아그들이 왜놈 군대를 나가?"

"금메 말이여, 여기가 조선도 아니고 만주 아니여?"

"그려, 요것은 그냥 당헐 일이 아니여. 다른 일도 아니고 자식들 일인디."

집단부락 경비대장한테 징집 통지를 받은 부모들은 쉽게 뜻을 모았다. 그러나 총을 들이댄 군인들 앞에서 그들은 따지고 어쩌고 할 엄두를 내지 못했다.

그동안 만주의 조선 사람들은 조선에서와 마찬가지로 징용이나 징병에 많이 끌려갔다. 일본의 선만일여 정책에 따라 만주의 조선 사람들도 일본 좋을 대로 이용되었던 것이다. 그러나 전에는 징용이나 징병으로 끌어가려면 며칠 전에 통지서를 발부하는 최소한의 절차는 밟았다.

그런데 이번 징병은 총을 들이대고 마구잡이로 끌어가기에 정신이 없었다. 그건 제2차 세계대전의 상황 변화 때문이었다.

두 달 전 독일은 결국 항복하고 말았다. 유럽 전선에서 독일군을 도맡다시피 해서 승리를 거둔 소련은 연합국 안에서의 발언권을 강화하는 동시에 일본에 정면으로 대응할 수 있는 힘을 확보했다. 유럽 전선의 병력을 만주에 투입하면 일본을 쉽게 제압

할 수 있는 상황이 된 것이다.

일본으로서는 급박한 위기였다. 그동안 중국과 동남아 전선으로 병력을 빼돌려 관동군은 형편없이 허약해져 있었다. 그런 마당에 소련군이 소만 국경을 돌파해 공격을 해 오는 날에는 꼼짝없이 당할 수밖에 없었다. 그 위기를 막기 위해 관동군은 부랴부랴 병력 메우기에 나선 것이었다.

지만복은 하얼빈 외곽에 있는 훈련소로 끌려갔다. 폭염 속에서 실시되는 훈련은 하루 12시간이 넘었다. 낮이 긴 여름의 해가 뜨기 전에 시작된 훈련은 해가 지고 어스름이 내릴 때까지 이어졌다.

신병 훈련은 1주일이었다. 겨우 7일 동안 제식훈련, 사격 훈련, 돌격 훈련까지 하자니 하루에 12시간을 넘기지 않을 수가 없었다. 폭염은 기승을 부리고, 먹는 것은 부실하고, 훈련은 강행되고, 훈련병들은 견디다 못해 퍽퍽 쓰러졌다.

지만복은 마흔이 넘은 나이에 낙오되지 않으려고 사력을 다했다. 사나흘이 지나면서 죽는 사람들이 생겨나고 있었다. 지만복은 자식들을 생각했다. 그 어린것들 때문에도 개죽음을 할 수는 없었다.

그런데 훈련병들 사이에 쉬쉬하면서 이상한 소문이 퍼지고 있었다.

"선생님, 혹시 그 소문 들으셨어요?"

같은 내무반에 있는 소학교 제자가 지만복에게 속삭였다.

"무슨 소문?"

지만복은 지친 눈으로 제자를 바라보았다. 제자는 이제 열여덟 살이었다.

"소련군이 곧 만주로 쳐들어온답니다."

제자의 목소리가 더 낮아졌다.

"뭐라구?"

지만복은 번쩍 정신이 들었다. 그처럼 반가운 소식이 없었던 것이다.

"소련군이 만주로 쳐들어오면 우리 조선 사람은 어떻게 되나요?"

검게 빛나는 제자의 눈은 지만복에게 산수 문제를 풀 듯 답을 요구하고 있었다.

"……그게 좀 복잡한 문제다. 소련이 들어와 일본을 쳐부수면 그보다 좋은 일이 없지. 헌데 문제는 일본군이 되어 있는 우리 조선 남자들이다. 우린 소련군에게 총을 쏘아야 하는 일본군이고, 소련군이 볼 때 우린 적군일 뿐이니 말이다."

지만복의 얼굴은 어두워졌다.

"선생님, 그건 걱정할 게 없어요. 소련군이 쳐들어올 때 도망가면 되잖아요."

제자는 거침없이 말했다.

"너!"

지만복은 소스라치며 재빨리 주위를 살피고 제자를 바라보았다.

"……그러면 안 되나요?"

제자는 계면쩍어하며 말을 어물거렸다.

"안 되는 게 아니라 큰일 난다. 자칫 잘못했다가는 왜놈들한테 총살당하기 십상이다. 그런 생각은 아예 하지 마라. 알겠느냐?"

"예에……."

제자는 소학생처럼 풀이 죽었다.

지만복은 불안 속에서 희망을 얻었다. 소련군이 기왕 일본군을 치려면 하루라도 빨리 치기를 고대했다.

가까스로 훈련을 견디어 낸 지만복은 부대 배치를 받았다. 자동차를 타고 광막한 벌판을 달려 사흘 만에 부대에 도착했다. 지만복은 막사 안에 붙어 있는 달력을 보고서야 7월 24일이라는 것을 알았다. 이튿날은 모처럼 휴식이었다. 그 하루 동안 신병들은 이런저런 소식들을 앞다투어 물어 날랐다. 소련 땅 하바로프스크가 한 200리쯤 떨어져 있다는 것, 고참병들 중에 조선 사람은 별로 없다는 것, 부대 앞으로 흘러가는 큰 강이 흑룡강이라는 것 등이었다. 그런데 그 부대에서는 소련군이 쳐들어온다는 게 전혀 비밀이 아니었다.

'아아, 총알받이 하려고 끌려온 것이로구나……!'

지만복은 참담한 심정으로 이 생각에서 놓여나지 못했다.

'……도망가면 되잖아요.'

어린 제자의 말이 떠올랐다.

도망갈 수만 있다면 도망가고 싶었다. 소련군에게 총을 한 방이라도 쏠 이유가 없고, 이런 속 빈 군대에 있다가 개죽음당할 것은 너무 뻔한 일이었다.

그러나 그곳에서 길림은 수천 리 길이었다. 지만복은 암담한 심정으로 잠을 이룰 수가 없었다.

이튿날부터 신병들은 총 대신 삽과 곡괭이를 들고 참호를 팠다.

"이 참호는 단순히 방어선이 아니라 너희들 목숨을 지킬 생명선이다. 최단 시간 내에 최장 거리를 파도록 최선을 다하라!"

중대장이 쇳소리를 내며 외친 말이었다.

참호는 서서 총을 쏠 수 있는 깊이와 두 사람이 오갈 수 있는 넓이로 파야 했다. 그런데 참호 파기는 하루 이틀로 끝나지 않았다. 1차 방어선이 끝나면 2차 방어선으로 작업이 이어지고, 2차 방어선이 구축되면 3차 방어선으로 이어졌다.

3차 방어선이 거의 완성되어 가던 어느 날이었다.

쿵! 꽝! 쿵쾅!

난데없는 폭음이 울리기 시작했다.

"전투 준비! 전투 준비!"

"소련군이다, 소련군!"

웨에엥엥엥…….

폭음과 외침과 사이렌 소리가 뒤엉키고, 군인들이 이리저리 어지럽게 뛰었다.

1945년 8월 8일, 마침내 소련이 일본에 선전포고를 하면서 소만 국경 전역에 걸쳐 공격을 감행한 것이었다.

쿵! 콰당탕탕! 콰광!

소련군의 탱크들이 가로로 늘어서서 진격해 오며 불을 뿜었다.

"기관총! 기관총을 난사하라!"

소대장의 목이 터지고 있었다.

따다다다다…….

기관총 사격에 탱크들은 끄떡도 하지 않고 밀려들었다.

"수류탄, 수류탄 투척! 수류탄 투척!"

소대장이 갈팡질팡하며 갈라진 목소리로 외쳤다.

지만복네 소대의 고참병들이 수류탄을 던지기 시작했다. 신병들은 소총밖에 없었다.

쿵쾅쾅쾅! 콰당탕탕탕……!

수류탄의 폭음은 흔적도 없고, 탱크들은 더 거세게 불을 뿜어 대며 몰려왔다.

"소대, 제2선으로 후퇴하라! 제2선으로 후퇴하라!"

소대장의 목소리가 찢어지고 있었다.

지만복네 소대원들은 허둥지둥 참호를 벗어나 제2방어선으로 내뛰었다.

그런 식으로 제3방어선에서마저 밀려나기까지 하루 반이 걸렸다. 13일 동안 죽을힘을 다해 판 세 개의 방어선이 단 하루 반 만에 무너진 것이다.

"소대, 후퇴! 후퇴!"

소대장의 외침에 지만복네 소대원들은 무작정 벌판을 뛰기 시작했다. 그런데 탱크들이 그들을 앞질러 버렸다. 탱크들은 그들을 향해 대가리를 돌렸다.

와아, 와아!

뒤에서는 소련군이 함성을 지르며 쫓아왔다. 그들은 완전히 포위당하고 말았다. 그들은 총을 땅바닥에 떨어뜨리기 시작했다.

지만복네 중대원 3분의 1이 죽고 나머지는 다 포로가 되었다.

소만 국경의 관동군들은 어느 부대나 이틀을 넘기지 못하고 무너졌다. 조선으로 진격한 소련군은 이틀 만인 8월 10일에 웅기를 점령했고, 12일에는 나진과 청진을 점령했다.

지만복은 포로가 된 중대원들과 함께 집 반대쪽인 흑룡강을

건너고 있었다. 지만복을 비롯한 조선 사람은 소련 땅을 밟으며
집이 있는 동쪽 하늘을 돌아보고 또 돌아보았다.

한편, 남만석네 집단부락에서는 뜻밖의 외침에 놀라 사람들이 새벽잠에서 깨어났다.

"왜놈들이 다 없어졌다! 왜놈들이 다 도망갔다아!"

어떤 사람이 이쪽 마당, 저쪽 마당으로 팔을 휘젓고 뛰며 울부짖듯 외치고 있었다.

"뭐, 뭣이라고?"

"왜, 왜놈들이 도망을 가?"

집집마다 사람들이 뛰쳐나왔다. 그들은 우르르 사무실로 몰려갔다. 사무실 문은 활짝 열려 있었고, 일본군은 보이지 않았다. 만주 경찰들도 없었다.

"밤새 다 도망갔구마."

"어쩐 일일까?"

"어쩐 일이기는. 전쟁에 진 것이제."

"그럼 우리도 고향으로 가야겠네."

"하면, 가야제."

"와아, 인제 살았다."

그들은 마당으로 나왔다. 여자들과 아이들까지 모두 마당에 모여 있었다. 동이 트고 있었다.

"우리도 얼른 고향 찾어가자아!"

누군가가 힘차게 외쳤다.

"와아—"

아이들까지 모두 팔을 뻗어 올리며 환호성을 질렀다.

남자들은 창고의 곡식을 풀어 식구 수에 따라 배급을 하고 여자들은 서둘러 짐을 쌌다.

이튿날 아침에 남자들은 자식이 군대에 끌려간 집들은 어떻게 할지 의논했다. 이런저런 말들이 오갔지만 결국 다 같이 떠나기로 했다. 고향에 찾아올 수 있는 나이이니 떠날 때 모두 같이 떠나자는 것이었다.

그들은 점심을 싸 가지고 길을 떠났다. 여자고 남자고 힘닿는 데까지 짐들을 이고 지고 있었다. 100가구 600여 명의 행렬은 꽤나 길었다.

그들이 한 20리쯤 걸었을 즈음, 멀리 왼쪽에서 사람들이 떼 지어 몰려오고 있었다.

이쪽으로 달려오는 사람들의 무리가 점점 가까워지면서 중국말이 들렸다. 그들은 무슨 소리를 지르면서 달려오고 있었는데, 저마다 손에 연장을 들고 있었다.

"뙤놈들이 우리 해코지헐라고 오네!"

"그려, 왜놈들 도망간 것 알고 땅 뺏긴 원한 갚을라고 오는겨."

"큰 탈 났구만."

"별수 없소. 싸워야제."

"무슨 수로. 우리는 맨주먹인디."

"그렇다고 앉아서 처자식까지 다 죽일라요?"

"그려, 처자식들은 살려야제."

"다들 짐 내려!"

여자고 남자고 다 짐들을 내렸다.

"우리가 저놈들을 맡을 것잉게 여자들은 새끼들 데리고 저쪽으로 내빼."

가장 나이 많은 남자가 서쪽을 가리켰다. 이쪽으로 몰려오는 중국 사람들과는 반대쪽, 그쪽에는 망망한 광야가 펼쳐져 있었다.

"일본 놈 주구들을 쳐 죽여라!"

"주구들을 몰살시켜라!"

중국 사람들의 외침이 확실하게 들려왔다.

"뭣들 허능겨. 얼른 가!"

나이 많은 사람이 발로 땅을 구르며 소리쳤다.

남자들은 자기 아내와 자식들의 등을 떠밀었다.

"죽기 살기로 내빼야 혀. 저놈들이 따라오지 못허게."

나이 많은 사람이 목 터지게 소리 질렀다. 여자들이 아이들의 손을 잡고 뛰기 시작했다.

"와아, 주구 놈들 죽여라아!"

중국 사람들이 100여 미터도 못 되게 가까워졌다.

"돌이고 뭐고 다 집어 들어!"

나이 많은 사람의 명령에 따라 100여 명의 남자들이 싸울 태세를 갖추었다.

"한 놈도 남기지 말고 다 죽여라!"

"깨끗하게 원수를 갚아라!"

중국 사람들이 연장을 휘두르며 달려들었다. 그들은 중국 사람들과 얼크러졌다.

"으악!"

"어이쿠메!"

처절한 비명 속에 피 튀는 난투극이 벌어지고 있었다. 그러나 그 싸움은 쉽사리 끝나지 않았다. 조선 사람들은 피를 흘리면서

도 중국 사람들에게 덤벼들고 또 덤벼들었다. 어떤 사람은 중국 사람의 연장을 빼앗아 싸우기도 했다.

여자들은 아이들을 데리고 광막한 벌판 저쪽으로 기를 쓰며 도망갔다. 그들은 압록강과 두만강에서 점점 멀어지고 있었다. 남자들이 거의 다 쓰러져 갈 즈음 여자들과 아이들의 모습은 끝없는 광야 저쪽에 점으로 사라져 가고 있었다.

〈끝〉

덧붙임: 그들은 그날 이후 오늘날까지 그때를 '해방'이라 부르지 않고 '그 사변'이나 '그때 사변'이라 부르며 살고 있다.

조정래 대하소설

아리랑

[제4부 동트는 광야]

주요 인물 소개
소설에 담긴 역사 속 주요 사건

주요 인물 소개

송수익

사랑방 모퉁이에 서당을 차려 동네 아이들을 가르쳤으나 나라의 정책이 바뀌어 그마저도 하지 못하고 뒤숭숭한 마음에 신문을 읽으며 세상의 변화를 관망하고 있다가 의병을 일으켜 일본에 대항하고 국내 사정이 여의치 않자 만주로 이동해 독립운동을 펼친다.

신세호

잃어버린 나라를 걱정하는 마음은 크지만, 직접 독립운동에는 나서지 못하는 양반으로 송수익과 친구이다. 집을 떠나 있는 친구를 대신해 그 집안을 보살피고, 독립운동을 후방에서 지원한다.

송가원

송수익의 둘째아들로 아버지의 뜻을 따르는 방법으로 의예과를 졸업해 의사로서 독립운동을 돕기로 마음먹는다.

꿍허

의병 활동 중에 송수익을 만나 그의 손과 발이 되어 만주와 국내를 잇는 역할을 한다. 양반이면서도 모든 사람을 평등하게 대하는 송수익에 매료되어 존경한다.

234

옥녀

소리꾼 옥비로 기방에서 노래를 하며 돈을 번다. 공허의 소개로 알게 된 송가원을 보살피며 그에 대한 사랑을 키운다.

지삼출

송수익과 함께 의병으로 활동한 평민으로 신분을 뛰어넘어 모든 사람을 공평하게 대하는 송수익을 존경하고 따라 함께 만주로 이동한다.

방대근

송수익을 따라 의병에 나선 소년으로 하와이 사탕수수 농장으로 일하러 간 방영근의 막냇동생이다. 신흥무관학교를 졸업하고 무장 투쟁의 길을 걷는다.

윤철훈

한인청년단으로 독립운동을 펼치던 중 빨치산 비밀 요원이 되어 무장 독립 투쟁을 벌인다.

정도규

큰형 정재규와 작은형 정상규의 재산 다툼을 해결하고, 물려받은 재산으로 동네 사람들을 보살피며 국내외의 독립운동을 지원한다.

양치성

아버지가 병으로 세상을 떠난 후 동생들을 부양하기 위해 구걸하다
가 우체국장 하야가와의 눈에 띄어 일본 유학을 다녀온 후 정보 요
원으로 일한다. 일본의 지령을 받아 송수익의 뒤를 쫓는다.

소설에 담긴 역사 속 주요 사건 : 1934~1945년

신사 참배

일제가 한국의 종교와 사상, 자유를 억압하고 천황 이데올로기를 주입하기 위하여, 조선 곳곳에 신사를 세우고 참배를 강요한 일을 일컫는다. 1910년 한일병합 이후부터 지속적으로 요구되었으며, 1930년대 중반 이후로는 보다 강압적인 방법들을 동원하여 기독교계까지 압박하였다.

만주 이민 바람

식민지 농업 정책으로 인한 피폐화와 만주를 장악하고자 했던 일제의 이민 장려로 인해 조선인들이 만주로 이주한 일을 일컫는다. 이 주민의 90퍼센트가 소작농이었는데, 1930년 대 이후부터 급증하여 1945년에는 그 수가 200만 명에 달했다.

선만일여 정책

선만일여(鮮滿一如)는 '조선과 만주는 하나'라는 뜻으로, 1936년 일제가 민족 말살과 황국 신민화 정책의 일환으로 내세운 것 중 하나이다. 만주와 한반도를 침략 전쟁의 교두보로 만들기 위해 압록강과 두만강에 교량을 건설하고 수력 발전소를 건설하는 등의 정책을 추진하였다.

종군위안부

1930년대부터 1945년까지 일본에 의해 강제로 군위안소로 끌려가 성노예 생활을 강요당한 여성을 일컫는다. 일본, 한국, 중국, 필리핀 등지에서 많은 여성들이 동원되었는데, 그중에서 한국 여성이 가장 많았다. '정신대(挺身隊)', '종군위안부(從軍慰安婦)' 등으로 불리기도 했으나 이는 일본이 실상을 감추기 위해 만들어 낸 용어로, 현재 공식적인 명칭은 '일본군 위안부'이다.

생체 실험

1936년부터 1945년까지 일본 731부대가 생물·화학 무기 개발을 위해 한국인과 중국인을 대상으로 자행한 생체 실험을 일컫는다. 생체 실험 대상자를 '마루타'라고 지칭했으며, 이들을 대상으로 칼로 찌르고, 가스를 주입하고, 피부를 산 채로 벗기기도 하는 등 잔혹한 실험을 저질렀다.

보천보 전투

1937년 6월 4일 동북항일연군 중 김일성이 이끄는 병력이 함경남도 갑산군 혜산진 보천보 일대를 습격하여 승리했다는 전투이다. 이 전투로 김일성이 국내외에 알려진다.

강제 이주

1937년 소련 정부가 연해주의 한인을 중앙아시아로 강제 이주시킨 일이다. 국경 지대의 한인이 일본의 스파이가 될 수 있다는 우려에서 취한 조치로, 당시 한인 약 20만 명이 카자흐스탄·우즈베크 등지로 옮겨졌다.

내선일체

'내지(內地) 즉 일본과 조선은 하나'라는 뜻으로, 1937년 일제는 중국 침략을 개시하면서 이 전쟁에 한국을 이용하기 위한 강압 정책으로 내선일체라는 기치를 내세웠다. 한국인의 저항을 초기부터 차단하려는 민족 말살 정책이었다.

조선어 시간 폐지

1938년 총독부가 조선교육령 개정에 따라 학제를 소학교, 중학교, 고등여학교로 편제하면서, 중학교 과정의 조선어 시간을 일어, 한문, 역사 등의 과목으로 대체한 사건이다. 조선어 말살 정책의 시작이었다.

국민총동원령

일제가 1938년 4월 공포하여 5월부터 시행한 전시 통제법으로, 중일전쟁에 필요한 인적·물적 자원을 한국에서 마음대로 동원하고 통제할 목적으로 만든 법이다. 이 법으로 인해 강제 징용, 징병, 식량 공출 등이 이루어졌다.

강제 징용

일제가 노동력 보충을 위해 한국인을 강제 동원해 노역에 종사케 한 일이다. 처음에는 모집 형태를 띠었으나, 중일전쟁(1937년) 이후부터는 국가총동원법을 공포하여 강제 동원하였다. 강제 징용된 이들은 주로 탄광, 금속 광산, 군수 공장, 군대 위안부로 보내져 혹사 당했다.

미곡 유통 금지

일제는 전시 군량을 확보하기 1939년 '미곡배급조합통제법'을 제정하고 미곡의 자유 유통을 금지하였다. 공출·매상·배급 제도 등의 수단을 통해 미곡 통제를 강화하고 1943년에는 '식량관리법'을 제정하여 수탈을 강행하였다.

창씨개명

1939년 일제가 한국인의 성을 강제로 일본식으로 고치게 한 일이다. 일제는 일본과 조선은 하나라는 내선일체를 내세우며 황국 신민화의 일환으로 창씨개명 등을 강요하였다. 거부하는 자는 감시하며 그 자녀의 학교 입학을 금지하는 등 불이익을 주었다.

국민총력연맹

1940년 조선총독부 차원에서 조직된 친일단체로, 지도도직, 중앙조직, 지방조직 3단계 조직으로 구성되었다. 한국인의 황국 신민화, 식량 공출, 징병, 징용 등을 독려하고 전쟁 분위기를 고취하기 위한 각종 행사를 개최하였다.

근로보국대

1941년 일제가 한국인의 노동력을 수탈하기 위해 강제로 끌고가서 만든 노역 조직으로, 주로 도로·철도·비행장·신사 등을 건설하는 데 동원하고, 몇몇은 일제 군사 시설에 파견되었다. 직장·학교·농민 등 계층별로 다양한 조직을 만들어 노동을 착취하였다.

학병 징병 검사

1943년 일제가 태평양 전쟁에서 불리해지자 전력을 보충하기 위해 학도병지원병제를 공포하고 학생을 대상으로 징병 검사를 실시한 일이다. 자발적 지원이 아니라 강제 징병이었고, 이를 거부하면 강제 징용을 당하는 등의 처벌을 받았다.

여자 정신대 근무령

1944년 8월 23일 일본 후생성이 공포한 법령으로, 12세에서 40세까지의 여성에 대해 강제 징발할 수 있다는 것이 주된 내용이다. 이렇게 징발된 한국 여성들은 일본의 군수 공장과 일본군 위안부 등으로 보내져 혹사당했다.

조정래 대하소설
아리랑 청소년판 12
초판 1쇄 2015년 6월 15일

원작 | 조정래
엮음 | 조호상
그림 | 백남원
발행인 | 송영석

펴낸곳 | (株)해냄출판사
등록번호 | 제10-229호
등록일자 | 1988년 5월 11일(설립일자 | 1983년 6월 24일)

121-893 서울시 마포구 잔다리로 30 해냄빌딩 5·6층
대표전화 | 326-1600 **팩스** | 326-1624
홈페이지 | www.hainaim.com

ISBN 978-89-6574-522-8
ISBN 978-89-6574-510-5(세트)

이 도서의 국립중앙도서관 출판예정도서목록(CIP)은 서지정보유통지원시스템 홈페이지(http://seoji.nl.go.kr)와
국가자료공동목록시스템(http://www.nl.go.kr/kolisnet)에서 이용하실 수 있습니다.(CIP제어번호: CIP2015014322)